स्वाहा

(उपन्यास)

स्वाहा

महाश्वेता देवी

अनुवाद

सुशील गुप्ता

वाणी प्रकाशन

वाणी प्रकाशन

4695, 21-ए, दरियागंज, नयी दिल्ली 110 002

फ़ोन : +91 11 23273167 फ़ैक्स : +91 11 23275710

शाखाएँ

अशोक राजपथ, पटना 800 004, बिहार

कॉफ़ी हाउस कैम्पस, महात्मा गांधी मार्ग, इलाहाबाद 211 001, उत्तर प्रदेश

महात्मा गांधी अन्तरराष्ट्रीय हिन्दी विश्वविद्यालय, वर्धा 442 001, महाराष्ट्र

सुल्तानिया रोड, मोतिया पार्क, भोपाल 462 001, मध्य प्रदेश

www.vaniprakashan.com
marketing@vaniprakashan.in
sales@vaniprakashan.in

SWAHA
by Mahashweta Devi
Translated by Sushil Gupta

ISBN : 978-81-8143-728-0
Novel

पेपरबैक संस्करण 2008, 2010, 2015
पेपरबैक चौथा संस्करण 2020

मूल्य : ₹ 95

सिटी प्रेस, दिल्ली-110 095 में मुद्रित

वाणी प्रकाशन का लोगो मक़बूल फ़िदा हुसेन की कूची से

[कहानी की ज़रूरत के तकाजे पर, मैंने समय को ज़रा आगे-पीछे कर के इस्तेमाल किया है। इस तरीके की खोज मेरी अपनी नहीं है। वैसे मेरी कहानी भी नई नहीं है, क्योंकि आदिकाल से ऐसा ही होता आया है...]

दिसंबर, 1960

शाम होने से काफी पहले ही, मिंटो पार्क स्थित मकान में, बत्तियाँ जल उठीं। सर्दी की शामें बहुत जल्दी चली आती हैं। समूचे मकान में बत्तियाँ रौशन हो उठीं। नीचे काँच के बर्तनों की टनू-टुन्न की आवाज़ें गूँजती हुईं!

नील आकर दरवाज़े पर दस्तक दे गया, 'गेट रेडी, मॉम! मैं सोनाली को लेने जा रहा हूँ।'

'ये—स!' स्वाहा ने अंदर से जवाब दिया।

दीवाल पर जड़े विशाल आदगक़द आईने के सागने, वे गोल-गोल घूगती रहीं। घूम-घूमकर वे अपने को निहारती रहीं कि साड़ी की चुन्नट ठीक तरह पड़ी या नहीं। गोलाकार घूमते हुए, उनकी उम्र भी धीरे-धीरे कम होती गई। किसी ज़माने में वे वायसराय के शिमला में सौंदर्य-साम्राज्ञी घोषित की गई थीं। अपने मन की आँखों से वह दृश्य, वे आज भी देख पा रही थीं।...अचानक समूचा कमरा गुलाबों की खुशबू से भर उठा। कमरे की दीवारें एकदम से कहीं ग़ायब हो गईं। खिड़की के काँच से, बाहर बर्फ के पहाड़ नज़र आते हुए! बर्फ पड़ रही है! बर्फ की बारिश ही बारिश! सबकुछ हिम-तुषार से ढँका हुआ! चारों तरफ, सारा कुछ श्वेत-शुभ्र! निस्तब्ध!

स्वाहा ने नज़रें उठाईं।

...वह रही...वे ही तो हैं! संगमरमर की सीढ़ियों से नीचे उतरती हुईं। उनकी उम्र भी घटकर पच्चीस पर आ टिकी। बदन पर सफ़ेद बनारसी साड़ी! सफ़ेद साटन का कटी-बाँह का ब्लाउज! ताजनुमा जूड़े में मोती की सतलड़ी माला लिपटी हुई! गले में मोती की माला! कलाई पर लड़ीदार मोतियों की चौड़ी पट्टी! कानों में मोतियों के झुमके!

...लोग उल्लास से तालियाँ बजा रहे हैं। बैंड बज उठा! दौलतमंद-अमीर लोगों ने हाथ में जाम उठा लिए। शिमला शहर में लाट-बहादुर की बॉल-डांसर, मिसेज़

स्वाहा राय, सौंदर्य-साम्राज्ञी बन गईं! कितनी खुशी! कितना हर्ष!

स्वाहा राय को सब कुछ साफ़-साफ़ नज़र आ रहा था। जब भी वे अकेली होतीं, वक्त के सीने पर पाँव रखकर, वे अतीत में पहुँच जाती थीं, दुबारा वर्तमान में लौट आती थीं। इस वक्त वे शिमला में पहुँच गईं! इस वक्त वे ब्यूटी-क्वीन थीं। वे सबकुछ साफ़-साफ़ देख पा रही थीं—दर्शक उत्साह से तालियाँ बजा रहे हैं, लेकिन अनल राय, उनके पति, उनकी तरफ हिंस्र गुस्से से घूर रहे हैं।

...अनल, तुम मुझे यूँ घूरकर मत देखो। मेरे सिर पर यह फूलों का मुकुट, वाद्य-संगीत, रोशनी, तालियाँ—मुझे प्रिय हैं! इनकी मुझे ज़रूरत है। लेकिन, तुम्हें मैं प्यार करती हूँ! तुम अनल हो, मैं स्वाहा हूँ। तुम ही तो कहते हो कि तकदीर ने हम दोनों को एक-दूसरे के लिए ही गढ़ा है! अब मैं सौंदर्य-साम्राज्ञी बन गई हूँ। सारे मर्द आज मुझ पर फ़िदा हैं; मुझे मुग्ध-निगाहों से निहार रहे हैं। आज रात मैं प्रिंस के साथ नाचूँगी। कल वे मुझे घुड़सवारी के लिए ले जा रहे हैं। लेकिन, मैं तो तुम्हें ही प्यार करती हूँ। तुम्हारी निगाहें इतनी हिंस्र क्यों हो उठी हैं?

तुम्हारी आँखों में तो आग धधक रही है। कभी-कभार, जब तुम मुझे करीब खींचते हो, उस पल भी तुम्हारा तन-बदन तपता रहता है! इसीलिए तुम अनल हो। चूँकि मैं तुम्हें ही प्यार करती हूँ, इसीलिए मैं स्वाहा हूँ।

आज रात तुम मुझे निर्मम तानों से बेध डालोगे, मुझे पता है! तुम कहोगे, 'न्ना, स्वाहा, तुम कहीं नहीं जाओगी।' तुम मुझे अपना फैसला सुनाओगे—तुम्हें घेरकर वे लोग दीवानगी पर उतर आएँ; इश्किया तारीफ करें, यह मुझसे हरगिज बर्दाश्त नहीं होगा। आज रात तुम मुझे...

उसके बाद, तूफान शांत हो जाएगा, आग बुझ जाएगी। लेकिन, न्ना, तुम्हारी आग नहीं बुझेगी। आग तो और ज़्यादा धधक उठेगी। धधकती रहेगी। हम दोनों, एक-दूसरे से काफी देर तक मिले रहेंगे और कालपुरुष को आकाश के इस पार से, उस पार भेज देंगे। उसके बाद, जब शिमला के आसमान पर, बर्फ से ढँके शिखर, नए सूर्योदय की आभा से लाल हो उठेंगे, तब तुम कहोगे—'जानती हो, सुंदर, बिल्कुल तुम्हारी ही तरह सुंदर, हमारी एक बेटी होगी। हम उसे नाम देंगे—नीलांजना!'

मैं कहूँगी, 'हम उसे 'नील' कहकर बुलाएँगे!'

लेकिन मेरी-तुम्हारी इतनी-इतनी चाहत के बावजूद, हमें बेटी नहीं होगी! हमें बेटा मिलेगा। उसे तुम्हारा पौरुष और मेरा रूप नसीब नहीं होगा। फिर भी, हम उसे 'नील' ही बुलाएँगे! लेकिन नील जैसे-जैसे बड़ा होगा, तुम्हारा-हमारा दिल टूट जाएगा।

दिल तो टूटना ही था, अनल!

तुम और मैं दिल्ली-शिमला के मशहूरो-मारूफ, हसीन दंपती हैं। काफी वक्त गुज़र गया, हमें कोई संतान नहीं हुई!

जाने कितने ही लोगों ने सवाल किया, 'तुम लोगों का कोई बच्चा क्यों नहीं है?'

हमने जवाब दिया, 'हम चाहते हैं कि हमारी संतान, हम दोनों से भी ज़्यादा सुंदर हो। अब, ऐसी सुंदर संतान क्या झट से पैदा हो जाती है?'

सबने कहा, 'भई, यह तो तुम लोगों की ज़्यादती है। संतान चाहे जैसी भी हो, माँ-बाप तो उससे प्यार ही करेंगे।'

हमने कहा, 'अरे, नहीं, नहीं, हरगिज नहीं! काला-कलूटा, बदसूरत बेटा या बेटी भला कौन चाहता है?'

मेरी माँ तक ने कहा, 'ऐसी बात नहीं करते। ऐसी बातें जुबान पर लाना भी, पाप है। सिर्फ रूप ही क्या सब कुछ होता है, बिट्टी?'

आखिरकार हमारे यहाँ बेटे ने जन्म लिया। उफ! कितना निकष काला! सूरत-शक्ल से किस क़दर साधारण! समूची दिल्ली में टिट्कारी गूँज उठी। हँसते-हँसते लोगों के पेट में बल पड़ गए।

'भई, स्वाहा को अपने रूप पर जितना गरूर था, उतना ही काला-कलूटा, कुरूप बेटा हुआ है उसे! अच्छा हुआ! बहुत अच्छा हुआ! दूसरों के बच्चों को कभी उसने अपनी गोद में नहीं उठाया, कभी प्यार नहीं किया! बहुत अच्छा हुआ! रूप का इतना गरूर था उसे, कि ज़मीन पर उसके पाँव ही नहीं पड़ते थे।'

मेरे-तुम्हारे मन की क्या हालत हुई थी, याद है?

तुमने हिदायत दे डाली, 'ऐसे कल्लू-कुरूप लड़के को तुम अपना दूध हरगिज नहीं पिलाओगी! उसके लिए कोई दूध-धाय रख लो।'

तुमने कहा, 'मेरे सामने उसे हरगिज मत लाना।'

बताओ, अनल, यह क्या तुमने ठीक किया था? तुम्हारी बात मानकर, अपने ही बच्चे की उपेक्षा करके, क्या मैंने ठीक किया?

मैं पागल नहीं हूँ, अनल! मुझे बखूबी अहसास है कि अर्सा हुआ, तुम इस संसार से विदा ले चुके हो। तुम खुशनसीब थे। जब धू-धू आग जल रही थी, तुम्हारी साँस अटक गई और तुमने दम तोड़ दिया। असल में, मुझे बचाने की कोशिश में, तुमने अपनी जान दे दी, वर्ना आग की लपटें मुझे ही जला डालतीं।

मुझे पता है, तुम तो जाने कब ही स्वर्ग चले गए, पूरे पैंतीस साल गुज़र गए। मुझे यह भी पता है कि मेरा-तुम्हारा बेटा नील, किसी लड़की, सोनाली को इस घर में ला रहा है। नील सोनाली से विवाह करेगा। मुझे सब पता है। लेकिन मैं भी जादूगरनी हूँ। तुम भी तो कहा करते थे कि मुझे जादू आता है। मैं मायाविनी हूँ। जब भी मेरा अतीत में लौट जाने का मन करता है, अनल से बात करने को

जी चाहता है, तभी अतीत एकदम से सच हो उठता है। वर्तमान जाने कहाँ गायब हो जाता है, कहीं अलीक हो जाता है।

मैं बेटी क्यों चाहती थी, बोलो तो? बिल्कुल मेरी ही तरह रूप की दाह में चंचल-चपल बेटी?

तुम कहा करते थे, 'किसी दिन तुम बूढ़ी हो जाओगी उस दिन तुम हजारहा कोशिशों के बावजूद, यौवन लौटा नहीं पाओगी। तुम्हारे बाल सुनहले-रक्तिम नहीं हो पाएँगे! होठों से सारी सरसता झर जाएगी। छाती के उभार भी सुनहरे क्वीन-ऐपल जैसे नहीं रहेंगे।'

'तुम क्या सोचते हो, तुम्हारा यह आग जैसा धधकता चेहरा ही क्या सलामत रहेगा?' मैंने पूछा।

'तो, ठीक है! तुम एक बेटी पैदा करो, सूरत-शक्ल में बिल्कुल तुम्हारी जैसी! जब वह घर में घूमती-फिरती-डोलती फिरेगी, तब उसमें मैं तुम्हें ही नए सिरे से देखूँगा।'

'क्यों, बेटी का ब्याह नहीं करोगे?'

'मैं दामाद भी, अपनी ही तरह, रूपवान लाऊँगा।'

'रुको, रुको, इससे पहले, हम पैरिस तो घूम आएँ। वहाँ से अपना ब्यूटी-ट्रीटमेंट करा आएँगे। बेटी के मुक़ाबले और ज़्यादा सुंदर हो जाऊँगी मैं।'

'क्यों? अब तुम्हें और ज़्यादा सुंदर होने की क्या ज़रूरत है? मुझे तो तुमने पा ही लिया है। जहाँ तक दूसरे लोगों का सवाल है, वे लोग तुम्हें सुंदर कहें, मैं यह बिल्कुल नहीं चाहता।'

तुम कितनी ईर्ष्या करते थे, अनल! तुम्हारा वह ईर्ष्यालु रूप देखकर, मुझे कितना मज़ा आता था! मानों देह के अंदर, रग-रग में आग बहने लगती थी!

लेकिन बेटी हमें नसीब ही नहीं हुई! तुम्हें याद है, मैं तुम्हारी छाती में मुँह गड़ाकर रो पड़ी थी? तुम मातृत्व को सुंदर नहीं मानते थे। मुझे भी मातृत्व भला नहीं लगता था।

मेरी माँ कहती थी, 'राक्षसी है तू! रूप नष्ट हो जाएगा, इस डर से तू माँ नहीं बनी!'

हाँ, मैं सोचा करती थी, शरीर की तमाम रेखाएँ, टूट-फूटकर बीभत्स हो जाएँगी। मुझे तो इस ख़्याल से ही डर लगता था। तुम्हारा भी बिल्कुल यही ख़्याल था। तुम भी यही चाहते थे कि मेरी जवानी बिल्कुल अटूट रहे। लेकिन जब नील आया, हम दोनों ही खुश हुए थे। हाँ जितनी देर उसे देखा नहीं था, बस, उतनी ही देर, हमारी खुशी क़ायम रही थी।

उन दिनों हम दोनों को कितना सर्वशक्तिमान समझते थे! लेकिन असल में तकदीर ही हमसे खेल, खेल रही थी। हम दोनों ने एक-दूसरे को चाहा, एक-दूसरे को पा भी लिया। कलकत्ता में परिवारवालों के साथ, गृहस्थी चलाने का, हमारा

कभी, कोई इरादा नहीं बना। तुम्हें दिल्ली में ऊँची नौकरी मिल गई। तुम्हें ऐश्वर्य स्वयं हासिल हुआ, तुम्हें अर्जित नहीं करना पड़ा। तुम हमेशा ऐश्वर्य में ही डूबे रहे। तुम्हें अपनी नानी का वैभव नसीब हुआ। अपने रूप के दम पर, मैंने तुम्हारी गृहस्थी में क़दम रखा।

लेकिन, तकदीर हमारा तमाशा देखती रही। हमारा तो यह ख़्याल था कि हम दोनों ने जब, जो चाहा, वह मिला। अब अगर हमें बेटी चाहिए, तो बेटी ही नसीब होगी। लेकिन, आखिरकार बेटा हो गया। बेटा मेरी या तुम्हारी तरह हो सकता था, मगर नहीं हुआ। क़िस्मत ने हमारे गाल पर करारा तमाचा जड़ा था। तुम्हें याद है, मैंने चीखकर क्या कहा था?

'यह मेरा बेटा नहीं है! तुम लोगों ने बच्चा बदल दिया है! नर्स, यह तुम किसका बच्चा उठा लाई?'

नर्स बेतरह अचकचा गई, 'आप ही का बेटा लाई हूँ! देखिए, कितना प्यारा बच्चा है!'

मैं रो पड़ी थी, 'यह काला-कलूटा, बदसूरत बच्चा! यह मेरा बेटा हरगिज नहीं हो सकता। तुम लोगों ने मेरा बेटा, ज़रूर किसी और को दे दिया है।'

'इसे, अभी....इसी वक्त, हमारी नज़रों के सामने से ले जाओ।' तुम दहाड़ उठे थे।

नर्स बेतरह अवाक्! वह नील समेत, वहाँ से हट गई।

जो लोग बच्चे को देखने आए, नर्स ने उन लोगों से भी कहा, 'यह कैसी माँ है? यह कैसा बाप है? बच्चा उन दोनों जैसा सुंदर नहीं है, इसलिए उसका मुँह तक देखने से इनकार कर दिया?'

मिस्टर और मिसेज़ कपूर, मिस्टर और मिसेज़ दास, मल्लिका सोम, परवीन मल्होत्रा–जो लोग भी बच्चे को देखने आए, सबने कितना मज़ा लिया। सब हँसते-हँसते बेहाल हो गए।

'चलो, मज़ा आ गया! स्वाहा और अनल को अच्छा सबक मिला!'

ख़ैर, मज़ा तो उन्हें आता ही! औरतें मुझसे बेतरह ईर्ष्या करती थीं। वे हर वक्त यह जानने के लिए मेरे पीछे पड़ी रहती थीं कि मैं चेहरे पर क्या लगाती हूँ, कौन से साबुन से नहाती हूँ। अपने बाल कहाँ रंग कराती हूँ।

मर्द भी तुमसे बेतरह जलते थे। तुम ठहरे दौलतमंद मर्द! ऊँची नौकरी पर आसीन थे! तुम जितनी तनख्वाह पाते थे, उससे ज़्यादा तो नौकर-चाकर अर्दली-खानसामा-बावर्ची-माली पर ख़र्च करते थे। तुम शिकार करने में माहिर थे; बिलियर्ड खेलने में कुशल थे; अच्छी घुड़सवारी करते थे।

सबने ख़ासा मज़ा लिया था।

उसके बाद, मैंने जो-जो किया, आज वह सब याद करती हूँ, तो बेहद तकलीफ

होती है। अपनी करतूतों का ख्याल आता है, तो दिल कचोट उठता है।

तुम्हारी वजह से मैं भी नील की हद अवहेलना करती थी। मैं और तुम, बिल्कुल पहले की तरह ही, एक-दूसरे में मगन रहते थे। हम पार्टीबाज़ी करते थे, होटलों में खाने जाते थे; नाच-गान-ऐश में मस्त रहते थे।

लोग हमें देख-देखकर अवाक् होते थे।

गवर्नर जेनरल के सेक्रेटरी की बीवी, मिसेज़ फुलर ने मुझसे कहा, 'मिसेज़ राय? तुम्हारे तो तीन महीने का एक बेटा भी है न?'

'तीन नहीं, चार महीने का!'

'फिर तुम इतनी रात तक यहाँ...?'

मिसेज कपूर ने कहा, 'स्वाहा भयंकर लकी है! बड़ी तकदीरवाली! उसका बच्चा तो ज़्यादातर दाई का दूध पीता है, हमेशा नौकरानी के पास ही रहता है।'

'अरे! यह क्या बात हुई? अपने बच्चे को, अपना दूध नहीं पिलाती?'

'न्ना! मेरे पति को यह पसंद नहीं है।'

मिसेज फुलर बेतरह ताज्जुब में पड़ गईं। वहाँ मौजूद और लोग भी अवाक् हो उठे। मुझे वे लोग अस्वाभाविक माँ समझते थे।

उनको भी भला क्यों दोष दूँ? मैंने खुद ही अपने बेटे को कभी गोद में नहीं लिया, कभी उसका लाड़-प्यार नहीं किया, कभी अपने हाथों से उसे नहीं खिलाया। अनल भी नील की काफी अवहेलना करता रहा। मुझे भी मातृत्व, कठोर बंधन लगता था।

मुझे लगा था, नील के बिना ही, मेरी ज़िंदगी आराम से चलती रहेगी। लेकिन मेरी तकदीर ऐसी फूटी कि मैं और नील ही इस असार संसार में, और गृहस्थी में बच रहे। लेकिन किसी दिन भी वह और मैं, एक-दूसरे के करीब नहीं आ सके।

तुम मर क्यों गए, अनल?

तुम्हारे दम तोड़ने के बाद, अर्से से मैं दिल्ली शिमला नहीं गई। लेकिन मैं जानती हूँ। सभी लोग काफी खुश हुए थे। मैंने सुना कि प्रतिभा दास ने तो यहाँ तक कह डाला कि स्वाहा इस क़दर अस्वाभाविक तरीके से चल रही थी कि उसकी ऐसी ही परिणति होनी थी।

दिल्ली-शिमला में काफी बदनाम हो चुकी थी मैं। औरतें मुझे फूटी आँख भी नहीं देख पाती थीं। उन औरतों के पतियों को भी मैं नहीं सुहाती थी। अनल! आज तुम ज़िंदा नहीं हो, तभी ये तमाम बातें तुम्हें बता रही हूँ, अनल! जब तुम ज़िंदा थे, मैंने ये बातें तुम्हें कभी नहीं बताईं। तुम्हें ईर्ष्यालु बनाकर, मुझे भला ही लगता था। आज और एक सच्चाई तुम्हें बताऊँ, क्लब में तुम्हारे सामने मेरे बारे में कोई बात नहीं करता था। लेकिन वे लोग आपस में जो बातें करते थे, तुम नहीं जानते।

वे लोग कहा करते थे, 'मिसेज राय हद दर्जे की चालाक फ्लर्ट हैं। सबको अपना लोभ दिखाती हैं, लेकिन उनसे प्यार करने की अनुमति, सिर्फ अनल राय को देती हैं।'

मैं सच ही तुम्हें बेहद प्यार करती थी, अनल, अपना सबकुछ अर्पित करके, तुमसे ही जुड़ी हुई थी। मैं चाहती थी कि मैं तुम्हें कभी चैन नहीं लेने दूँगी, अपने प्यार को कभी पुराना नहीं पड़ने दूँगी।

आज भी मैं तुममें ही क़ैद हूँ, अनल! जितना-सा मैं तुम्हारे अंदर समाई रही, जितना-सा मैं तुम्हारे साथ रही, बस, उतना भर ही मुझमें जीवंत रहा। जैसे इस पल मैं जीवंत हूँ, क्योंकि मैं तुम्हें ही याद कर रही हूँ। तुमसे बातें कर रही हूँ। बाकी सब—यह जो मैं चलती-फिरती हूँ, सुबह मेज़ पर चाय पीने बैठती हूँ, ड्राइवर से गाड़ी निकालने को कहती हूँ, अनाथालय, औरतों के होम में जाती हूँ, क्लब, ब्रिज पार्टी जमाती हूँ, कुत्तों के शो तक में मौजूद रहती हूँ, यह जो हॉर्टीकल्चर के शो के लिए दानवी आकार के डालिया, चंद्रमल्लिका, सूरजमुखी खिलाती हूँ—उसमें मैं जिंदा नहीं होती, मृत होती हूँ!

मैं मृत हूँ अनल! नील की माँ, मरी हुई औरत है। शहर कलकत्ता के समाज में सबसे अधिक सक्रिय औरत, स्वाहा राय, महज एक मुर्दा इंसान है! चूँकि अनल नहीं है, इसलिए उसने हज़ारहा फिजूल चीज़ों से, अपनी ज़िंदगी को भर रखा है। लोगों का कहना है—'शी इज़ ए ब्रेव-ब्रेव वुमैन! गेट करेज! महान् साहसी औरत है।'

लोग झूठ बोलते हैं, अनल! मुझमें कोई साहस-वाहस नहीं है। अगर मुझमें सचमुच साहस होता, तो तुम्हारी मौत के बाद, तो आईने में झलकते अपने चेहरे पर नज़र पड़ते ही, मैं आत्महत्या कर लेती। पता नहीं, किसी ज़माने में लोग-बाग़ 'ममी' कैसे तैयार की जाती है, मैं तो वह भी नहीं जानती थी, वर्ना जिस देह पर मुझे इतना गर्व था, जो देह, तुम्हारे अलावा और किसी को नहीं पहचानती थी, वही देहयष्टि इस तरह टूट-फूटकर बुढ़ा जाती? भला मैं ऐसा होने देती? मैं, जो यौवन-मंत्र में इतनी शिद्दत से विश्वास करती थी, वही मैं...?

यह मकान भी किस क़दर बूढ़ा हो गया है। अपनी जवानी के इस खिलौने को दुलारते हुए, इसे सजा-धजाकर, आखिर कितने दिन गुज़ार सकती हूँ, बताओ? यह मकान क्या चाहता है, यह तो मुझे मालूम है! इस मकान की ईंट-ईंट, रात के वक्त हिंस्र हो उठती है, मुझे आतंकित करती है। इस मकान की ईंट-ईंट चाहती है, यहाँ यौवन आए, दुबारा उसका आगमन हो। इसीलिए तो नील जिसे प्यार करता है, उसी मंजरी को मैंने आने नहीं दिया, अनल! मंजीरा तो यौवन नहीं है, रूप नहीं है, उम्रहीनता

का लावण्य भी नहीं है। लेकिन पिछले तीन सालों से नील उससे ही प्यार करता रहा। मैंने एक जुमले में 'ना' कहकर, इसे ख़ारिज कर दिया। जब मैंने नील को अपना फैसला सुनाया, वह सिर झुकाए बैठा रहा।

उफ! उस वक्त किस कदर मेरा मन चाह रहा था कि नील उस पल तुम्हारा बेटा बन जाए। वह मर्द है, यह बात वह साबित कर दे। तुमने भी तो एक शाम, किसी विवाह में, मुझे देखा और फौरन मुझे ब्याहकर अपने घर ले आए।

तुम्हारी नानी नाराज नहीं हुई थीं? तुमसे उन्होंने कहा नहीं था कि तुम्हारे नाना को 'राजा' का खिताब मिला था। वे किसी कुलीन ख़ानदान की बहू लाएँगी? किसी नौकरिया बाप की बेटी भला वे वरण क्यों करेंगी? इस देश में कुलीन वंश की कमी है? उनके पोते से अपनी बेटी ब्याहकर, जाने कितने लोग, कितने ही बाप उऋण हो जाएँगे!

लेकिन यह सब कहकर, वे तुम्हें रोक पाईं? तुमने किसी का इनकार सुना था? मैंने तो यह चाहा था कि नील को यह अहसास हो कि मैंने उसे कितना बड़ा मौका दिया है। मैंने उसे उद्धत होने और चुटकियों में उड़ा देने का मौका दिया है। वह मुझसे कहे–'नहीं, माँ, मैं मंजीरा से ही विवाह करूँगा वर्ना मैं जी नहीं पाऊँगा।'

अगर वह चाहता, तो अड़ जाता। तू हार्वर्ड से एम.ए. पास, अनल राय का बेटा है। तुझे अपनी माँ के अनाथालय, पागलखाने, होम का हिसाब-किताब करते हुए, नपे-तुले तरीके से जीने की ज़रूरत क्या है? तू मंजीरा से विवाह कर लेता। अपने लिए कोई नौकरी ढूँढ़ लेता। तू मेरे सामने डरपोक, विनीत, नम्र बना रहता है, इसीलिए तो मुझे तुम पर प्यार नहीं आता। अगर तू मुझ पर निर्मम आघात करता, तो मैं तुझे ज़रूर प्यार करती। उस मरगिल्ली, काली-कुबड़ी बूढ़ी मंजीरा को ही अपनी बहू बनाकर ले आती।

लेकिन नील ने क्या जवाब दिया, मालूम?

उसने कहा, 'ठीक है, माँ, ऐसा ही होगा।'

सच बताऊँ, तो उसका यह स्वीकार सुनकर मेरा मन नए सिरे से टूट गया। मुझे इतना क्रूर गुस्सा चढ़ा कि मेरा मन हुआ, अभी उसी वक्त उसके टुकड़े-टुकड़े कर डालूँ।

मैंने कहा, 'तू अपना यह सातसाला इश्क-मुहब्बत भूल जा!'

तू फट् मान गया? तुझमें बूँद भर भी मर्दानगी नहीं थी? अपना प्यार भूलकर, तू दुःख में ही जलता-फुँकता, मर-मरकर जीता रहेगा?

उससे तो कहीं ज़्यादा मंजीरा हिम्मती निकली! मंजीरा बहस करने आ धमकी।

मेरी तरफ उँगली उठाकर, उसने बेखौफ सुना दिया, 'आप दानवी हैं! बेटे को सुखी नहीं होने देंगी। अपना दख़ल छिन जाएगा, इसलिए बेटे को विवाह नहीं करने

दे रही हैं।'

मुझे अफसोस हुआ। जो बात नील को कहनी चाहिए थी, वह मंजीरा कह रही थी। मंजीरा जानती थी कि प्यार करो, तो इसके लिए लड़ना भी पड़ता है; हिंस्र उद्धत भी होना पड़ता है। नील नहीं जानता था। नील, मंजीरा से विवाह नहीं करेगा, यह सोचकर मुझे दुःख भी हुआ। मंजीरा मेरी ही तरह व्यक्तित्व-प्रखर थी। नील जैसे बुज़दिल, व्यक्तित्वहीन लड़के को वह चला ले जाती।

चेहरा? वह तो ब्यूटी-डायट-मालिश वगैरह से बदला भी जा सकता था।

इसके बावजूद मैंने वह शादी नहीं होने दी, क्योंकि मंजीरा का जो व्यक्तित्व मुझे भला लगा था, उसी के प्रति मन ही मन मैं ईर्ष्या से जल-भुन भी गई थी। मेरे मुँह पर, स्वाहा राय के मुँह पर, एक सरकारी क्लर्क लड़की, यूँ सुनाकर निकल जाएगी?

तुम्हें पता है, मैंने क्या किया था? हंटर मारकर उसे निकाल बाहर किया। चाबुक की मार से उसका हाथ कट गया था और खून झर रहा था। मंजीरा डर के मारे भाग खड़ी हुई। उस दिन, समूचे मकान की ईंट-ईंट में जो हिंस्र हाहाकार गूँज उठा था, काश तुम सुन पाते। असल में, इस मकान के ईंट-काठ-पत्थर, साजो-सामान-रोशनी का झूमर, कालीन—सभी कुछ बहुत ज़्यादा खून माँगते हैं; ताज़ा युवा खून। तुम्हारी नानी बताती थीं कि यह कोठी, तुम्हारे नाना की फुर्तीबाज़ी की ऐशगाह थी।

उन्होंने बताया, 'इस मकान के तलकक्ष में ढेरों आँसू और सिसकियाँ जमा हैं। तुम्हारे नाना-ससुर, एक बार किसी महफ़िल में, दारू के नशे में इस क़दर टुन्न हो गए थे कि अपने ही किसी दोस्त पर दन्न से गोली दाग़ दी और उसे मार डाला। जब नशा टूटा, तब नौकर-दरबान की मुट्ठी गर्म करके उन्होंने जमीन खुदवाई और लाश को गाड़ दिया। मैंने सुना है, उस आदमी की तलाश में, उसके घरवाले, कई दिनों तक फेरे लगाते रहे। उस आदमी की हत्या कर दी गई है, यह ख़बर आग की तरह फैल चुकी थी। लेकिन तुम्हारे नाना-ससुर काफी दौलतमंद थे। धनी-अमीर लोगों के हाथों खून-हत्या की वारदातें आम बात थी। ये वारदात आज भी सरे-आम है। इसलिए इस बात को लेकर, कहीं, कोई हो-हल्ला नहीं मचा।'

इस कोठी के ईंट-काठ, ज़र्रा-ज़र्रा बेहद हिंस्र और भूखे हैं। उन्हें खून चाहिए या सुख-चैन चाहिए। सच तो यह है कि इस कोठी में रहनेवाले, अगर बेहद अ-सुखी हों या हद दुःखी हों, तो इस कोठी के ईंट-काठ, खुशी के गीत गुनगुनाने लगते हैं।

शुरू-शुरू में, मुझे भयंकर दहशत होती थी। बगीचे में चंपा के दो पेड़ लगे हैं। जब तेज़-तेज़ हवा चलती थी, तो ऐसा लगता था, मानों उन पेड़ों के पत्ते-पत्ते ज़ोर-ज़ोर से रो रहे हैं।

तुम्हारी नानी मुझे बार-बार हिदायत देती थीं, 'सुन, नात-बहुरिया, बगीचे की सैर भले करना, मगर चंपा के पेड़ों के करीब हरगिज मत जाना।'

चंपा के फूल, उन्हें फूटी आँखों नहीं सुहाते थे।

'इसकी वजह, मुझे बाद में मालूम हुई। तुम्हारे नाना, अपनी ऐयाशी के लिए, औरतों को इसी मकान में ले आते थे। यूँ तो वे उन औरतों के साथ गुलछर्रे उड़ाते थे, लेकिन अगर उन्हें यह भनक मिल जाती कि उनमें से किसी औरत की, किसी और के साथ आशनाई हो गई है, तो वे उन्हें पकड़ मँगाते और क्रूर से क्रूर सज़ा देते।'

हाँ, वे खून-कत्ल भी करते थे। उनके पास दौलत थी, समाज में रौब-दाब था। उनके जो मन में आता था, तानाशाह ढंग से कर गुज़रते थे और आराम से बचकर निकल भी आते थे। इसी तरह, वे दो औरतों को पकड़ लाए और उन्हें मारकर, इसी बगीचे में गाड़ दिया और उस जगह, उन्होंने दो पेड़ बो दिए। तुम्हारी नानी ने ही बताया था कि यह मकान कभी-कभी कच्चे खून की बलि माँगता है। हर बार वह जान ही नहीं चाहता। लेकिन, भरी जवानी में अगर किसी की सुख-शांति नष्ट हो जाती है, तभी इस कोठी की ईंटें ठंडी और शांत रहती हैं।

वे तो इक्कीस साल की उम्र में ही विधवा हो गई थीं, जब तुम्हारी माँ उनकी गोद में थीं। अपनी सुख-शांति की बलि चढ़ाकर, कुछ दिनों तो उन्होंने इस कोठी की ईंटें ठंडी रखीं। तुम्हारे माँ-बाप एक साथ ही हैजे के शिकार हो गए और उन दोनों ने दम तोड़ दिया। उनकी बलि पाकर, यहाँ की ईंटों का जी ठंडा रहा। उसके बाद ही, तुम आग में जल मरे। मेरे चेहरे का आधा हिस्सा भी बलि चढ़ गया। ज़िंदगी से सुख-चैन विदा हो गया। कोठी की ईंटों की आत्मा जुड़ाती रही!

लेकिन, अब इतना भी पूरा नहीं पड़ रहा है। हर वक्त वे नई-नई बलि की माँग करते हैं। ये इतने अबूझ क्यों हैं? इतने दुर्दम्य क्यों हैं? मेरी तरुणाई, मेरा सुख-चैन, गैस की आग के धुएँ में तुम्हारा दम घुट जाना, तुम्हारी मौत! मौत के प्रहार से सहसा तुम्हारा थम जाना, तुम्हारी अद्भुत देहयष्टि-इतने सब के बाद भी, उन्हें तृप्ति नहीं हुई?

नहीं, ईंट-पत्थरों को कभी तृप्ति नहीं होती।

मरण-मेज पर लेटी-लेटी, तुम्हारी नानी ने धुँधलाई निगाहों से देखते हुए कहा था, 'सुन, एतवा, बीच-बीच में खून चढ़ाते रहना।' बिसरा का बाप, एतवा!

'हाँ, माँजी–' एतवा ने वचन दिया।

एतवा ही बीच-बीच में सफेद मुर्गी काटकर पूजा चढ़ाता था। मुर्गी की मुंडहीन देह घुमा-घुमाकर समूचे कंपाउंड में खून का छिड़काव करता था।

बिसरा अभी भी खून का छिड़काव करता है। पता नहीं, नील को इसकी जानकारी

है या नहीं। विसरा है, इसीलिए मैं जिंदा हूँ। एकमात्र वह और मैं ही जानती हूँ कि इस कोठी के ईंट-काठ खून माँगते हैं।

विसरा मुर्गी की गर्दन काटकर खून का छिड़काव करता है, यह बात अगर लोगों को पता चल जाए, तो वे लोग सिहर उठेंगे। आजकल का ज़माना भी तो और का और हो चुका है।

अगर लोगों को इसकी ख़बर हो जाए, तो वे सब एक स्वर में कहेंगे, 'आज के ज़माने में भी कोई डायन-पिशाच मानता है भला? ईंट-काठ में भला जान होती है, जो उनको खून-मांस खिलाना पड़े?'

मैंने विसरा को आगाह कर रखा है, 'विसरा रे, तू अमावस्या का दिन देखकर ही पूजा किया कर। किसी को भी तेरी पूजा नज़र न आए, न ही किसी को कानोंकान खब़र हो।'

विसरा खुद ही मुर्गी ख़रीदकर लाता है, खुद ही पूजा करता है, खुद ही मुर्गी की गर्दन तराशकर खून छिड़कता हुआ बुदबुदाता है, 'ले, खून पी! खून पी! खून मिलता रहेगा, फिर-फिर मिलेगा!'

खून के छिड़काव के बाद, वह बगीचे में उन्हीं दोनों चंपा की जड़ों में बेजान मुर्गी को गाड़ देता है। यह सब क्या कुसंस्कार है? लेकिन मैं जानती हूँ, पूजा में खून-मांस पाकर, कोठी के ईंट-काठ, कुछ दिनों खामोश रहते हैं।

लेकिन, अब ये ईंट-काठ शांत ही नहीं होना चाहते। उन्हें और कुछ भी चाहिए। वे चाहते हैं कि इस घर में कोई भयंकर अशांति, कोई बड़ा दुःख, कोई हादसा हो जाए! अगर देह की मौत हो जाए, तो उसका दुःख और क़िस्म का होता है। अगर इंसान ज़िंदा रहे और अ-सुखी बना रहे, तो वह दुःख और ज़्यादा मर्मांतक होता है। यह कोठी क्या माँगती है। पता है? जो लोग जवान हैं, वे लोग इस कोठी के चरणों में अपनी जवानी-प्यार-प्रेम की बलि चढ़ा दें।

अब मैं किससे कहूँ कि इस घर को तृप्त रखने के लिए कहीं से यौवन ले आओ? सर्व सुख दिए जाओ? इसीलिए तो मैंने नील को सोनाली को ले आने को कहा। वैसे मैंने ललिता से भी कह रखा था कि अनाथालय में अगर कोई खूबसूरत लड़की आई, तो उसे आँखों-आँखों में रखना, उसे बड़ी सावधानी से बड़ी होने देना। उसकी उम्र का ज़रा ख़्याल रखना। वह नील की दुलहन बनेगी।

सो-ना-ली! बेचारी सोनाली! वह कुछ भी नहीं जानती। अनाथालय में, अन्य लड़कियों में उसे ही सबसे ज़्यादा ध्यान-जतन क्यों मिला? अठारह साल की होते ही, लतिका उसे ब्यूटी-पार्लर क्यों ले गई? मैं क्यों उसे नील की दुल्हन बनाकर, इस घर में ला रही हूँ?

उसे नहीं मालूम, नील कापुरुष इंसान है! मेरे मन की आँखों के आगे एक बेटी तैरती रहती है। अनल! वह बेटी, मेरे सपने की वही अ-संभव नीलांजना है।

अपने पच्चीस वर्ष की उम्र में देखी गई वह गुड़िया, नीचे के कमरे में मौजूद है! उसी चेहरे जैसी मेरी कोई बेटी, इस कोठी में घूमती-फिरती नज़र आती। चूँकि यह संभव नहीं हुआ, इसलिए मैंने एक आदमक़द गुड़िया गढ़ा रखी है। अब, सोनाली अगर मेरे मनलायक हुई, तो मैं वह गुड़िया तोड़-मरोड़कर फेंक दूँगी।

अच्छा, नील क्या मेरे मन की बातें समझ पाता है? आजकल, न वह मुझे पहचानता है, न मैं उसे! अर्सा हुआ, वह जाने कैसा तो एकांतप्रिय हो उठा है! अपने को छिपाए फिरता है। वह क्या करता है, कहाँ जाता है, मुझे कुछ नहीं बताता।

वह ऐसा क्यों हो गया, अनल? दिल्ली में जब उसे देखा, मुझे तो विश्वास ही नहीं हुआ कि वह मेरा बेटा है। मुझे तो यही लगता रहा कि अस्पताल में मेरा बेटा बदल गया है।

लोगों ने इसका खूब मज़ा लिया था। दिल्ली में कैसी-कैसी बातें उठी थीं, तुम्हें याद है? लोगों का कहना था कि वह तुम्हारा बेटा ही नहीं है। मुझे काला-कुरूप बेटा हुआ, मेरा दिल टूट गया, इस बात से हर किसी को खुशी हुई थी। वर्ना हाथों में इतने महँगे-महँगे उपहार लेकर, भला वे लोग मज़ा लेने आते?

उस पर से प्रतिभा दास ने बेहद नाटकीय अंदाज़ में मंतव्य जड़ा था, 'चलो, पहले-पहले बेटा तो हुआ यही गनीमत है। देखना, अगली बार बेटी ही होगी। तब तुम्हें कितना अच्छा लगेगा।'

मुझे तो मालूम था कि सबसे ज़्यादा चोट तुम्हारे मन को ही लगी थी। काला इंसान तुम्हारी बर्दाश्त-बाहर था। तुम काले रंग से बहुत नफरत करते थे।

नील तुम्हारा आत्मज था। उसकी तरफ नज़र उठाकर देखने में भी तुम्हें तकलीफ होती थी। ख़ैर, तकलीफ तो मुझे भी होती थी। लेकिन यह शायद स्वाभाविक नहीं था। अगर यह अस्वाभाविक था, तो हमें यह मान लेना चाहिए था कि उस नज़रिए से हम स्वाभाविक नहीं थे। पति-पत्नी, माँ-बाप—इन सभी संज्ञाओं के साथ चंद चिर-परिचित तस्वीरें, हमारे संस्कार की मुहर चिपकाए बैठे होते हैं। हम उन संज्ञाओं के दायरे में नहीं पड़ते। तुम और मैं पति-पत्नी थे। लेकिन सभी लोग कहते थे कि हम प्रेमी-प्रेमिका ही नज़र आते हैं।

हम प्रेमी-प्रेमिका ही तो थे, अनल! विवाहित पति-पत्नी! लेकिन हम दोनों जिस प्रचंड आवेग से एक-दूसरे को प्यार करते थे, मुझे लगता था, जैसे हमने वह समय चुरा लिया है। वह छीना गया, बँधा-बँधाया समय है। इसका हर पल असंभव प्यार में डूबे-डूबे, इसे ख़त्म कर देना है। मानों प्रचंड तूफानी रफ़्तार से प्यार करना है, क्योंकि हम दोनों को दो अलग-अलग दुनिया में चले जाना है! इसलिए भरपूर हो-हुल्लड़...

वह तो क़िस्मत अच्छी थी कि हमने इतना-इतना प्यार जी लिया। क्यों सच है या नहीं? तुम बत्तीस साल की उम्र में चल दिए। उस वक्त मेरी उम्र कुल अट्ठाइस

साल थी। उसके बाद। पूरे पैंतीस सालों से तुम्हारी यादों ने मुझे अपने में डुबाए रखा है। मुझे जिलाए रखा है!

उस वक्त तुम बत्तीस साल के थे। उस वक्त नील कुल तीन वर्ष का था। सर्दी का मौसम था और तुमने छुट्टी ले रखी थी। हम कलकत्ता चले आए थे। चारों तरफ सर्दी का आनंद छाया हुआ था। मैं और तुम रात चार बजे तक क्लब में नाचते रहते थे; आधी रात की डिनर पार्टी में शरीक होते थे; क्रिसमस बॉल में शरीक होते थे। पहली जनवरी को स्टीमर किराये पर लेकर खूब हो-हुल्लड़ किया करते थे...

उस रात हम दोनों काफी देर से लौटे थे। अचानक तुम्हारा कॉफी पीने का मन हो आया। मैं ही किचेन में गयी, गैस ऑन किया और कॉफी बनाई। हम दोनों ने ब्लैक-कॉफी पी। लेकिन उतनी थकान क्या कॉफी पीकर, फौरन मिट सकती है?

कॉफी ख़त्म हो गई। अचानक मुझे ख़्याल आया, मैंने शायद गैस ऑफ नहीं की।

तुम मुझे अपनी बाँहों में लपेटे-लपेटे बेडरूम की तरफ बढ़े।

तुमने हवा सूँघकर कहा, 'तुमने गैस ऑफ की थी?'

'नहीं, गैस तो मैंने ऑफ नहीं किया।'

'लेकिन गैस की गंध तो नहीं आ रही है। गैस लीक कर रही होती, तो गंध आती। लेकिन कहीं, कोई गंध नहीं आ रही है, जाहिर है गैस लीक नहीं कर रही है।'

'नहीं, गैस लीक कर रही है।'

हम दोनों हँस पड़े और फिजूल की बहस में उलझे रहे। जब हम बहस कर रहे थे, उस वक्त गैस-पाइप से चुपचाप गैस निकल रही थी। चूँकि सर्दी का मौसम था, इसलिए किचेन की खिड़कियाँ बंद थीं। पाइप से निकलती हुई गैस हवा में ज़हर फैलाती रही। हम हँसते रहे। तुमने मेरे होंठ चूम लिए।

'चलो, मुँह बंद कर दिया। अब तुम कुछ बोल नहीं सकतीं।'

'अरे, वाह, गैस तो अभी भी खुली हुई है।'

'मैं देखता हूँ।'

'नहीं, मैं ही जाती हूँ।'

'अरे, तुम किचेन की बत्ती बुझा आई हो। अब स्विच ऑन करोगी, तो कहीं प्लग में हाथ न डाल दो।'

'नहीं, नहीं, माचिस जलाकर, स्विच देखकर ऑन करूँगी।'

बिजली के करंट से मुझे हमेशा से ही बच्चों जैसा भय लगता रहा है। इसीलिए मैं हँसते-हँसते ही माचिस समेत किचेन की तरफ बढ़ गई। हँसते-हँसते ही मैंने माचिस जलाई।

सर्वनाश! जो सर्वनाश इंसान का दुनिया-जहान चकनाचूर कर देता है, उसकी हल्की-सी भी आँच का पूर्वाभास क्यों नहीं हो जाता? किस्मत क्या इंसान का यूँ ही तमाशा देखती है? उसी पल सर्वनाश होने वाला था; मौत मेरे बाकी जीवन पर अपनी दीर्घ छाया डालनेवाली थी, लेकिन मुझे बिल्कुल अहसास नहीं था कि पल भर में प्रलय हो जाएगा।

मैंने माचिस की तीली जलाई।

बस समूची हवा एकदम से धधक उठी। मुझसे चीखा भी नहीं गया। मैं तो यह भी नहीं समझ पाई कि हुआ क्या! मेरे बदन पर ऊनी शॉल लिपटी हुई थी। शॉल ने एकदम से आग पकड़ ली...मेरे बदन पर पड़े कपड़े जल उठे...सारा कुछ जलने लगा और मैं बेहोश हो गई।

तुम किचेन में दाखिल हुए, गैस बंद की; खिड़की के काँच तोड़ डाले; मुझे खींचकर बाहर ले आए और साथ-साथ अपना कोट उतारकर कोट से झपट्टे मार-मारकर आग भी बुझाते रहे। लेकिन टूटे हुए काँच की राह, उत्तरी बाताश का सहारा पाकर आग और फैल गई। किचेन में फिट लकड़ी का ताखा जल उठा। उत्तरी बयार, गैस, आग और धुएँ ने उस आग को धकियाकर तुम्हारी तरफ धकेल दिया।

उफ! उफ! तुम मुझे बचाने में लगे रहे; धुएँ की लपटों से अपनी आँखें बचाते रहे! तुम्हारी साँसें अटकने लगीं। तुम मुँह बाए लंबी-लंबी साँसें लेने लगे। गैस की आग का जहरीला धुआँ तुम्हारे फुसफुस में घुसता गया। उस वक्त पल-पल मानों राक्षस बन गया और तिल-तिल करके तुम्हारे प्राण, तुम्हारी आयु छीन ले गया। अच्छा, वक्त क्या हमारा दुश्मन बन गया था, अनल? इसका उसने पूर्वाभास क्यों नहीं दिया? उस वक्त, हर पल क़ीमती हो उठा। उस वक्त अगर थोड़ी-सी भी हवा मिल जाती, तो तुम बच जाते; साँस ले पाते। तुम्हारा फुसफुस धुल जाता, तुम निःश्वास फेंक पाते और अंदर का ज़हर निकल जाता। लेकिन ऐसा नहीं हुआ!

कुछ भी नहीं हुआ, अनल! कार्बन ऑक्साइड के दबाव से, सूरज की तरह दमकता तुम्हारा खून पतला हो आया। जिस झिल्ली ने तुम्हारे फुसफुस, दिमाग़ और सुषुम्ना को बड़े प्यार से ढँक रखा था, वह रक्तशून्य हो आई। तुम्हारे फुसफुस, थाइमस ग्लैंड में खून की बूँदें झलक उठीं। तुम्हारे पेट की अंतड़ियाँ पिचक गईं और तुम्हारे पेट में हेमरेज हो गया। हाँ, दिमाग सिकुड़ आया, फुसफुस लगभग रक्तहीन हो आया! रगों में खून की रफ्तार मंथर हो आई। तुम्हारे अंदर इसी तरह की टूट-फूट शुरू हो गई। तुम मुझे बार-बार आवाज़ें देते रहे—'सुनो, आँखें खोलो! सुनो, मेरी तरफ देखो।' भयंकर अचरज के साथ, मैंने महसूस किया—तुम्हारी देह जड़ होती जा रही थी।

उसके बाद लोग-बाग दौड़कर आ पहुँचे। उन लोगों ने आग बुझाई। जाते हुए, तुम यह सब नहीं जान पाए, अनल!

तुमने घुटन के मारे दम तोड़ दिया। हवा में ऑक्सीजन नहीं था। तुम्हारे होंठ, नाखून, त्वचा सियाह पड़ गई थी। तुम सायनोसिस के शिकार हो गए थे, अनल! डॉक्टर को यह सूझ नहीं पड़ा कि वह तुम्हें बचाए या मुझे! दोनों को ही अस्पताल ले जाना ज़रूरी है, यह फैसला लेने में ही घंटे भर का वक्त निकल गया। उतनी रात को डॉक्टर बुलाया गया। डॉक्टर ने आकर हमारी जाँच की। उसके बाद अस्पताल ले जाते-जाते, काफी सारा वक्त गुज़र गया। कोठी में नौकर-चाकरों के अलावा और कोई था भी नहीं। अब, उनके लिए, इस क़िस्म की इमरजेंसी में, परिस्थिति को अपने काबू में रखकर, बुद्धि से काम लेना क्या संभव था?

मुझे तो किसी ने नहीं बताया कि तुम नहीं रहे। जब मुझे होश आया और जब मैंने तुम्हारे फुफेरे भाई, शंकर'दा को देखा, तभी मुझे अहसास हो गया। मैं समझ गई कि तुम दिल्ली गए हो, यह झूठ है! जैसे कामकाज की तुम्हें परवाह थी भला! मुझे उस हालत में छोड़कर, तुम किसी ज़रूरी काम से दिल्ली चले जाते, यह असंभव था! मैं समझ गई, सर्वनाश हो चुका है! चूँकि सात कुल में हमारा कोई नहीं था, इसलिए मद्रास से मेरे बड़े भाई आ पहुँचे, लाहौर से तुम्हारे फुफेरे भाई भी आ गए थे।

सभी लोग मेरी तरफ करुणाभरी निगाहों से देखते रहते थे। उन लोगों की निगाहों में इतनी करुणा क्यों है, इसकी मुझे उस वक्त भी ठीक तरह जानकारी नहीं थी।

एक दिन, खैरियत पूछने आनेवालों में मैंने देसाई, रंगनाथ, सेन वगैरह को भी देखा। वे लोग दिल्ली से यहाँ आ पहुँचे, यह देखकर भी क्या मेरे लिए समझने को कुछ बाकी था? मैंने कुछ नहीं कहा!

हाँ, शंकर'दा जब मुझे यह तसल्ली देते थे, 'अनल आ जाएगा, स्वाहा! उसने मुझे ख़त लिखा है! तुम्हारा हाल-चाल पूछा है—' तो मुझे लगता था कि इंसान इतना बुद्धू क्यों होता है? अनल और मेरा जो रिश्ता था, उसमें मैं इस हालत में पड़ी हूँ, यह जानते हुए भी, वह दिल्ली में बैठा रहेगा? शंकर'दा से तो उसकी शायद ही कभी भेंट होती थी। अनल उसे ख़त लिखकर, मेरी ख़ैर-ख़बर लेता है? इंसान कितना असंभव बुद्धू होता है, जो यह सोचता है कि मैंने इन अजब-अजब बातों पर विश्वास किया है।

एक दिन मैंने माँ की आवाज़ सुनी।

बाहर खड़ी-खड़ी वे नर्स से बातें कर रही थीं, 'उसका रूप ही उसका काल बन गया। दामाद उसे सिर पर बिठाए रखता था। उसके चलने के लिए, वह अपनी छाती बिछाए रखता था। अब उसका क्या हाल होगा? दो-दो सर्वनाश क्या वह

बर्दाश्त कर पाएगी?'

दो-दो सर्वनाश?

माँ की आवाज़ में झलकती हुई परेशानी में कहीं, कोई फाँकी नहीं थी, यह समझने में मुझे देर नहीं लगी। मेरी माँ के लिए किसी तरह की छल-चातुरी संभव ही नहीं थी।

माँ की आवाज़ दुबारा सुनाई दी, 'यह जो तुम लोग उसे अस्पताल से रिहा करोगी, उसे लेकर कहाँ जाऊँगी, क्या बताऊँ?'

माँ शायद यह सोच रही थी कि मुझे वह अपने साथ ले जाएगी।

इससे पहले ब्याह हो जाने के बाद, कभी एक रात के लिए भी माँ के पास नहीं रही।

मैं हमेशा यही दुहरा देती थी, 'उनके बिना, मैं कहीं नहीं रह सकती।'

'तू न हद बेशर्म है। ऐसी बात भला कोई कहता है?'

'अरे, सच कहा, तो मैं बेशर्म हो गई? मैं उसके बिना नहीं रह सकती, यह बात क्या तुम नहीं जानतीं?'

उस दिन अस्पताल में भइया ने पूछा, 'तू मद्रास चलेगी, स्वाहा?'

'क्यों?' मैंने पूछा।

शंकर'दा ने कहा, 'अनल ने भी यही लिखा है...'

'शंकर'दा उनकी मौत कब हुई?'

मेरा यह सवाल सुनकर, शंकर'दा और भइया बेतरह अचकचा गए, मुझे आज भी याद है। दोनों ने एक-दूसरे की तरफ असहाय निगाहों से देखा। वे फौरन क्या जवाब दें, उन्हें सूझ नहीं पड़ा। ऐसी परिस्थिति में कुछ बनाकर कहने में भी थोड़ा वक्त लगता है।

मैंने फिर पूछा, 'क्यों? जवाब क्यों नहीं दे रहे हो?'

'क्या जवाब दूँ, बता?' भइया ने कहा।

'उनकी मौत कब हुई?'

'सुनो, स्वाहा...' शंकर'दा ने सिर्फ इतना ही कहा।

'सुनना ही तो चाहती हूँ...'

'उसी दिन...' भइया ने जवाब दिया, 'अस्पताल पहुँचने से पहले ही...'

'अस्पताल में, मैं कितने दिनों से हूँ?'

'ग्यारह दिनों से...'

'ग-या-र-ह दिन?'

'हाँ, ग्यारह दिनों से!'

मैंने बेहद स्वाभाविक और सहज लहजे में दुबारा सवाल किया, 'सारा इंतज़ाम-विन्तज़ाम किसने किया, भइया?'

'सारा इंतज़ाम बेहद भले ढंग से हो गया। इस बारे में तू फिक्र मत कर!'

'और क्या हुआ है, भाई?'

'और क्या होना है?' भाई का नर्वस चेहरा, एकदम से अचकचा गया।

'नहीं, और कुछ भी घटा है, तुम लोग छिपा रहे हो।'

अनजाने में ही उनकी निगाहें मेरे गाल पर गड़ गईं। मैं तभी समझ गई, 'और जो हुआ है', वह मेरे चेहरे पर हुआ है। उस वक्त भी मेरी दोनों हथेलियाँ बिस्तर से बँधी हुई थीं। सिर्फ चेहरे पर ही नहीं, पूरे तन-बदन में भयंकर जलन मची थी। चेहरे की जलन, मैंने अलग से महसूस नहीं की।

उस दिन उन लोगों से मैंने कुछ भी नहीं कहा।

बच्ची जैसी नर्स! उसे ही डरा-धमकाकर और मीठी-मीठी बातें करके मैंने अपने हाथ की डोरी खुलवा ली। उसके बाद, आईना मँगवाया। बैंडेज हटाकर, मैंने अपना चेहरा देखा।

मेरे चेहरे का बायाँ हिस्सा जला हुआ था। त्वचा सिकुड़ गई थी और वह हिस्सा बेहद बीभत्स लग रहा था। मेरा चेहरा! जिस चेहरे की तस्वीर साल में दो बार बंबई की फैशन-पत्रिका के कवर पर छपती थी! जिस चेहरे की बगल में विजेता फूल की तस्वीर छापकर, अखबारों में कैप्शन लगाया जाता था—कौन ज़्यादा सुंदर है? आग ने उस खूबसूरत चेहरे को नष्ट कर दिया था।

हैरत है! उस वक्त मुझे कोई दुःख नहीं हुआ।

मुझे तो अजीब क़िस्म की खुशी हुई थी। मैंने आग को काफी कुछ दे डाला; अपना रूप तक अर्पित कर दिया। चूँकि अब तुम नहीं हो, अनल, इसलिए अब मुझे अटूट रूप की जरूरत भी नहीं थी, उन दिनों यही लगा था मुझे!

बहरहाल यह किसी कमजोर पलों का ख़्याल था, क्योंकि थोड़ा-बहुत स्वस्थ होते न होते, असाध्य-सांत्वना और दुःख से मेरी छाती में आग की लपटें धधक उठीं।

लेकिन भविष्य पर भला किसका वश होता है, अनल? धीरे-धीरे मैंने भी टिके रहने का नियम सीख लिया। ज़िंदा रहने और टिके रहने, विपरीत धार में जूझते हुए आगे बढ़ने का नियम ही यही है, जिसने मुझे हिंस्र बना दिया।

किसी हिंस्र ज़िद में मैं ज़िंदा रही। न्ना, अब मैं कभी 'ब्यूटी-क्वीन' नहीं बनूँगी। मेरे यह स्वर्णाभ-रक्तिम बाल, काश्मीरी अनार जैसे होंठ, सुनहरे सेब जैसे मेरे उभार देख-देखकर, अब मर्द कभी पागल नहीं होंगे। लेकिन इस वजह से क्या मैं अपना सिंहासन छोड़ दूँ? कभी नहीं! वंस ए क्वीन, ऑलवेज ए क्वीन! रानी हमेशा रानी ही बनी रहती है।

बहरहाल उन दिनों सभी दौड़ते हुए आ पहुँचे।

देवीगढ़ की महारानी, जिन्हें तुम 'जेठी माँ' बुलाते थे, उन दिनों विलायत में थीं। जैसे ही वे स्वदेश लौटीं, मेरे पास दौड़ती हुई आ पहुँचीं।

'सुनो, स्वाहा, तुम मेरे साथ विलायत चलो। आजकल उस देश में अच्छा से अच्छा ऑपरेशन होने लगा है। तुम्हारा चेहरा बिल्कुल ठीक कर देंगे।'

'आइए, बैठिए, जेठी-माँ!' जवाब देने के बजाय, मैंने उन्हें आदर से बिठाया।

'तुम चलो मेरे साथ, स्वाहा!'

'नहीं, जेठी-माँ, ऑपरेशन से सबकुछ तो ठीक नहीं होगा।'

'अच्छा, तो तुम मेरे घर चलो।'

'नहीं, मैं यह घर छोड़कर नहीं जाऊँगी।'

हाँ, मैं उनसे यह नहीं कह पाई कि नील को छोड़कर जाने में मेरी छाती फट जाएगी। अगर मैं यह कहती, तो क्या वे मेरा विश्वास करतीं? हाँ, अनल, तुम्हारी मौत के बाद, उन दिनों, नील मेरे लिए बेहद अनमोल हो उठा था।

यह कोठी भी मुझे बेहद प्रिय लगने लगी थी। यह कोठी छोड़कर कहीं जाने का, मैं सोच भी नहीं सकती थी।

मैं कहीं नहीं गई। अस्पताल से मैं यहीं लौट आई। ना, अपने चेहरे का ऑपरेशन कराने का मेरा मन ही नहीं हुआ।

तुम नहीं हो, किसके लिए मैं अपने चेहरे का ऑपरेशन कराती? कभी तमाम मर्द मेरी तारीफ में कसीदे पढ़ा करते थे। मुझे भी अच्छा ही लगता था। क्यों अच्छा लगता था? तुम्हें जलन होती थी। जलन के मारे मुझे और ज़्यादा-ज्यादा प्यार करते थे, इसीलिए मुझे अच्छा लगता था।

अब तुम नहीं हो, इसलिए अब, नए सिरे से मुझे खूबसूरत बनने की ज़रूरत नहीं थी।

मैंने फैसला किया, ज़िंदगी में मैं अपने को हारने भी नहीं दूँगी। चाहे जैसे भी हो, शान से जीऊँगी।

इसीलिए, मैंने अपने को इतने सारे कामकाज में उलझा लिया है। अनल! इन दिनों मैं अनाथालय चलाती हूँ, होम की देखरेख करती हूँ, पचास-बावन कमेटियों की मेंबर हूँ। इनके अलावा और भी बहुत सारे कामकाज करती हूँ, जिसके लिए तुम जीते-जी कभी हामी नहीं भरते थे। वैसे भी अगर तुम मेरे साथ होते, तो मैं यह सब हरगिज करती भी नहीं। अरफ्यूस और यूरिडाइस की तरह, देर्द्र और न सायूये की तरह, पैरिस और हेलेन की तरह, एंटोनी और क्लिओपेट्रा की तरह, हम दोनों भी चिर-प्रेमी युगल बने रहते।

लेकिन ऐसा नहीं हुआ! इसीलिए अब मैं कलकत्ते की सर्वाधिक सक्रिय महिला हूँ। अक्सर अखबारों में मेरी तस्वीरें छपती रहती हैं। वे सब शरीफ लोग हैं, इसलिए

वे लोग हमेशा मेरे चेहरे के सिर्फ दाहिने हिस्से की ही तस्वीर लेते हैं! जो लोग यह रहस्य नहीं जानते, वे लोग कहते हैं—'यू आर ए ब्रेव वुमैन! बेहद बहादुर महिला हैं।'

आज का यह 'मैं' नामक शवदेह, जोर-ज़ोर से ठहाके लगाती है।

यह एक ऐसी त्रासदी है, अनल, कि ठहाके लगाने के अलावा और कोई उपाय भी नहीं है। ज़िंदा होने के बावजूद, मैं मुर्दा हो गई हूँ। तुम मुर्दा होकर भी ज़िंदा हो। तुम्हारी उम्र, चिरकाल ही, बत्तीस वर्ष पर ठहरी रहेगी। तुम्हारे वे रक्ताभ बाल, कँटीली आँखें, बेभाव गोरा रंग, चट्टान जैसा बलिष्ठ-सुदृढ़ पौरुष, दुर्दम्य आवेग, क्षमाहीन प्यार—सारा कुछ चिरकाल अक्षय रहेगा।

सुनो, तुम्हारा बेटा नील, उम्र में तुमसे भी ज़्यादा बड़ा हो गया है।

तुम मुझे इतनी-इतनी जिम्मेदारियाँ सौंप गए हो, अनल! इस घर की ईंट-ईंट तक भूखी हिंसा से धधकते हुए, वे तमाम जिम्मेदारियाँ, मुझे याद दिलाती रहती हैं। तुम्हारी नानी-नाना, माँ-बाप और तुम्हारी तस्वीरें, मुझसे शिकायत करती रहती हैं। मैं तुम्हारी बीवी हूँ, अनल! इस घर की बहू होने के नाते, मुझे नियति निर्देशित, एक ख़ास भूमिका का पालन करना है!

नील और सोनाली का विवाह करना है।

सोनाली, नील को सुखी करने के लिए नहीं आ रही है। उसे मुझे सुखी और तृप्त करना है। इसलिए उसे अ-सुखी होना होगा, वर्ना मैं सुखी नहीं हो सकती। तमाम अ-सुख, दर्द-यंत्रणा का बोझ, अकेली मैं ही क्यों घसीटूँ? उसे अपनी यंत्रणा के साँचे में ढालकर, उसे नए सिरे से गढ़ना होगा। इसीलिए तो मैंने नरम-मुलायम मिट्टी की कच्ची गुड़िया के तौर पर उस लड़की को चुना है। मैं उसे एक दिन स्वाहा राय बना दूँगी। उसके बाद, मैं निश्चिंत होकर मर सकूँगी। एकमात्र उसी दिन ही मेरी भी तस्वीर, नीचे वाले कमरे में, तुम्हारी तस्वीर की बगल में टँग जाएगी। उसी दिन मैं भी तस्वीर बन जाऊँगी। हाँ, अनल, मैं तस्वीर बन जाना चाहती हूँ, क्योंकि मैं बे-हद, बेहद थक गई हूँ।

इसीलिए तो आग से मुझे इस कदर प्यार है! आग से मैं बेतरह प्यार करती हूँ। अक्सर मैं आग के सामने बैठी रहती हूँ।

नील अक्सर पूछता भी है, 'माँ, तुम ऐसी लपटों के सामने बैठी कैसे रहती हो?'

नील नहीं जानता, मैं तो तुम्हारे साथ ही मर चुकी हूँ! आज जो मैं हूँ, वह तो उसका शव है। और शव तो ठंडा ही होता है, अनल, प्रचंड बर्फ होता है!

लेकिन, अब और नहीं! अब तुम जाओ, अनल! नील लौट आया है। मुझे गाड़ी का हॉर्न सुनाई दे रहा है।

स्वाहा राय ने अपनी काली बनारसी साड़ी की चुन्नट ठीकठाक की। काली

बनारसी साड़ी पर रुपहले फूलों का नक्शा! इसलिए आज उनके अंग-अंग पर चाँदी के गहने! माथे पर चाँदी की ही चंद्रमल्लिका! स्वाहा राय ने अपने बदन पर स्नो-रोज़ का छिड़काव किया। समूचा कमरा तीखी खुशबू से भर उठा। उन्होंने दरवाज़ा खोला!

अब वे सीढ़ियों से नीचे उतरने लगीं। चेहरे का एक हिस्सा भयंकर विकृत, बेतरह सिकुड़ा हुआ, आँखों की कोटर, नीचे की तरफ झूलती हुई! दूसरा हिस्सा बेतरह सतेज, आँख प्रत्याशा में हिंस्र, गर्दन और पीठ की सीमा-रेखा अभी भी बेहद सजीव!

'आओ, सोनाली!' सीढ़ियाँ उतरते-उतरते, स्वाहा राय ने उसका स्वागत किया।

वह दिन, वह शाम...

'आओ, सोनाली!' स्वाहा राय ने दुबारा कहा।

सोनाली ने नील की तरफ देखा। नील ने आँखों के इशारे से उसे शायद आश्वस्त किया, क्योंकि स्वाहा, उसी पल लपककर आगे बढ़ी और उसने स्वाहा राय को प्रणाम किया। काली मखमल पर काँच के टुकड़े जड़ी ऐसी चप्पल भी उसने शायद पहले कभी नहीं देखी थी।

नील की निगाहें, उन दोनों पर गड़ी हुई थीं। उसके माथे पर सिमटी-सिकुड़ी सलवटें! उसकी उम्र कुल अट्ठाइस वर्ष!

सोनाली की उम्र हद से हद चौबीस वर्ष! लेकिन उम्र की तुलना में सोनाली काफी छोटी नज़र आती हुई! नील काफी बड़ा लगता है, मानो चिंता-फिक्र के मारे, नील वक्त से काफी पहले ही बूढ़ा हो गया हो! कनपटियों के बालों पर सफेदी आने लगी है! आँखें भी परेशान, बुझी-बुझी! उसके चेहरे पर कहीं से भी यह जाहिर नहीं होता था कि ज़िंदगी में वह कभी भी हँसा हो!

'आओ, हम यहाँ बैठते हैं! आग के सामने।'

वे तीनों आतिशदान में धधकती आग के सामने बैठ गए।

नील जैसे ही बैठने जा रहा था, स्वाहा ने सवाल दाग़ा, 'नील, काठ की टोकरी?'

वे बेटे से बात कर रही थीं या किसी नौकर के साथ, समझना मुश्किल था, क्योंकि उनकी आवाज़ मानों चाबुक-सी लहरा उठी। मानों काठ की टोकरी ले आना, नील का ही काम हो। नील ने उनकी तरफ देखा। जब भी वह अपनी माँ की तरफ देखता है, उसकी आँखें भावलेशहीन हो आतीं। मानों वह अपने मन के ख़्याल, माँ को समझने न देने की पुरानी चुनौती पर अटल है। यह चुनौती इतनी पुरानी है कि माँ की तरफ अनुभूतिहीन आँखों से देखने की उसे आदत पड़ गई है!

'काठ की टोकरी, हाथों के करीब है।'

'हाथ के करीब है?'

'हाँ, रोज ही रहती है।'

सोनाली को लगा, ये बातें नितांत तुच्छ हैं! माँ-बेटे के संवाद में अंदर ही अंदर किसी विद्वेष का प्रखर स्रोत बह रहा है। स्वाहा खिलखिलाकर हँस पड़ी।

'अरे, हाँ, सच ही तो मुझे दिखाई नहीं दिया।'

मानों स्वर्ग की कोई अप्सरा, साँझ के आकाश में नक्षत्र बिखेर रही हो, ऐसी ही ललित भंगिमा में, स्वाहा, टोकरी से काठ के छिलके-टुकड़े निकाल-निकालकर, फायरप्लेस की आग में झोंकने लगी।

सोनाली अचरजभरी निगाहों से कभी माँ को देखती रही, कभी बेटे को!

स्वाहा ने हँसते-हँसते ही कहा, 'मेरा यूँ लकड़ियाँ झोंक-झोंककर आग को धधकाए रखना, नील को पसंद नहीं है।'

नील ने ईषत् झुककर अपनी माँ को एक इलायची थमा दी।

स्वाहा ने तेरहसाला इतराती हुई लड़की की तरह अपनी गर्दन टेढ़ी कर ली। तिरसठ साल की त्वचा सिकुड़कर मांस का एक लोंदा बन गई।

स्वाहा ने पूछा, 'मेरे मुँह से क्या गंध आ रही है?'

'हाँ—'

'ओह, नील! नील! नील!'

स्वाहा ने नील के अनिच्छुक गाल पर टहोका मारा।

अगले ही पल वे सोनाली की तरफ मुखातिब हुईं, 'शाम के वक्त मुझे एक टॉनिक लेना पड़ती है। टॉनिक की गंध बेहद असहनीय है। इसीलिए नील ने मुझे इलायची थमा दी।'

सोनाली क्या कहे, उसे सूझ नहीं पड़ा। लेकिन वह एक बात बखूबी समझ गई कि माँ-बेटे जो-जो बोल रहे हैं, जो-जो हरकतें कर रहे हैं, वह मानों किसी पुरानी लड़ाई का विद्वेषी मामला है और उसे ही और लंबे तक खींचा जा रहा है। यह सब उसे इतना नया-नया लगा कि वह सिर्फ अपलक देखती रही। यह कोठी, यह परिवेश, इस कोठी के इकलौते वारिस का उससे विवाह की इच्छा जाहिर करना, स्वाहा राय को आमने-सामने देखना—सोनाली का दिमाग़ झनझना उठा। ऐसी अविश्वसनीय घटना, उसके जीवन में घटी है?

स्वाहा ने उसकी तरफ झुककर कहा, 'लक्ष्मी-सोना लड़की हो तुम! सुनो, अपनी तरफ से कुछ भी जानने की कोशिश मत करना।'

'मैं? मैं भला क्या जानना चाहूँगी?' सोनाली ने डरी-डरी मुद्रा में कातर-सा सवाल किया। स्वाहा राय स्वाभाविक महिला हैं या अस्वाभाविक; बेटे से उनका रिश्ता माँ-बेटे का ही है या आजन्म दुश्मन का है, यह सब सोचने की हिम्मत,

भला उसमें कहाँ है? वह तो विषहीन सर्प है, शंखचूड़ नाग का आहार बनने के लिए ही उसका जन्म हुआ है। जैसे शंखचूड़ नाग, ज़हरहीन साँप को अमोघ रूप से खींचता रहता है, बिल्कुल वैसे ही स्वाहा उसे खींचती रही...खींचती चली गई।

स्वाहा समझ गईं।

प्रगल्भा किशोरी की तरह वे बोलती रहीं, 'यही....कि नील से मेरी आग-प्रीति क्यों नहीं देखी जाती? आग से कितना कुछ घट सकता है!'

आँख-कान बंद करके सोनाली ने कह ही डाला, 'क्या हो सकता है? आग से भला क्या हो सकता है?'

पलक झपकते स्वाहा भयंकर हो उठीं।

नील की तरफ उँगली उठाकर उन्होंने सवाल किया, 'तुमने इसे बता दिया है?'

'ना–'

'तब इसने यह बात क्यों कही?'

'वह तो बड़े सहज भाव से ही बोल गई, माँ!'

'सोनाली, तुम बताओ। आग से कितना कुछ हो सकता है, इसका क्या मतलब है? तुम कहना क्या चाहती हो?'

'दु-र्घ-ट-ना!' सोनाली ने रुक-रुककर डरी-सहमी शेफाली फूल की तरह झरते हुए; उसने बमुश्किल जवाब दिया।

पलक झपकते, स्वाहा फिर निरी बच्ची बन गई। अब वे कुल पाँच वर्ष की बच्ची नज़र आने लगीं।

अपनी आठ उँगलियों में पहनी हुई, चुन्नी, मोती, गोमेद, हीरा, नीलम, पन्ना, ऑनिक्स और ओपेल की अंगूठियाँ झलकाते हुए, उन्होंने नील से कहा, 'बोलो, तुमने उसे नहीं बताया? सच बताओ?'

'नहीं, मैंने नहीं बताया।'

स्वाहा बेतरह खुश! मानों वे निश्चित हो आईं।

अब तिरसठसाला आवाज़ और मुद्रा में सोनाली से कहा, 'आग की वह बात मेरी ज़िंदगी की सबसे अहम घटना है। वह बात मैं किसी को भी बताने नहीं देती। वह घटना मैं खुद बताना चाहती हूँ।'

'हाँ, बताइए?' सोनाली दुबारा आकर्षित हो उठी।

स्वाहा ने हँसकर कहा, 'देखो, देखो, नील तुम्हारी तरफ कैसी-कैसी निगाहों से घूरे जा रहा है! उसकी आँखों में कितनी हमदर्दी और करुणा है! वैसे नील क्या सोच रहा है, मैं बता सकती हूँ वह तुम्हें बचाना चाहता है! उसमें इतनी हिम्मत नहीं है कि मेरी किसी बात पर 'ना' कहे। इस वक्त वह इस कोशिश में लगा है कि मैं उस आग की बात तुम्हें न बताऊँ। वह चाहता है। मैं तुम्हें पसंद न करूँ और तुम भी साफ़-साफ़ कह दो कि तुम उससे विवाह करने को राज़ी नहीं हो। यही बात है न, नील?'

नील ने माँ की तरफ देखा ही नहीं। उसकी निगाहें मानों किस पुरानी और स्थायी परेशानी से गंभीर हो आईं। उसमें जेब से पाउच निकाल लिया और अपने पाइप में तंबाकू भरने लगा।

स्वाहा के चेहरे पर असंतोष झलक उठा। मानों वे बड़ी आसानी से जीत गईं, क्योंकि नील ने पलटकर एक भी बात नहीं की। लेकिन वे इतनी आसान जीत नहीं चाहती थीं। बिना लड़े ही, उन्हें जीत का सुख देकर, नील मानों तमाशा देख रहा हो। उसने उन्हें बड़ी आसानी से जीत जाने दिया।

लेकिन, कहानी बयान करने का वक़्त गुज़र चुका था। स्वाहा ने सोनाली की निष्पाप, विश्वासी आँखों को अपनी निगाहों में गूँथ लिया। उनकी आँखों में कॉन्टैक्ट लेंस लगा हुआ है, सोनाली शायद यह समझ नहीं पाई। समझती भी कहाँ से? कुल सात दिन की उम्र से वह अनाथालय में पली-बढ़ी थी। उसने क्या, कभी कॉन्टैक्ट लेंस देखा था, जो इस बारे में कुछ जानती-समझती?

लेकिन सोनाली की आँखें कितनी उजली-धुली थीं; बाल किस क़दर काले! स्वाहा के मन में ईर्ष्या जाग उठी। उन्हें असंभव रुलाई आने लगी। सोनाली इतनी उजली-उजली, जवान और प्राणवंत क्यों है? वे इतनी तबाहहाल, जीर्ण, रुक्ष और हिंस्र क्यों हैं? वह नील जैसे नकारा लड़के की तरफ कभी-कभी विस्मय-विमुग्ध निगाहों से देखती है? मानों उसने हाथों में स्वर्ग पा लिया हो? वह इतनी सुखी-सुखी स्वप्न-विभोर क्यों नज़र आती है?

सोनाली तो यही जानती थी कि अनाथालय का मतलब है, अँधेरे में सोने में दहशत महसूस हो; अपने माँ-बाप, भाई-बहन की बातों से चिरकाल अनजान रहना; माँग-जाँचकर लाए गए, बेडौल कपड़े-लत्ते पहनते-पहनते, कभी एक बार, अपनी सही नाप के नए कपड़े के लिए, सोने से पहले, भगवान को गुहार लगाना; भूतों के ख़ौफ़ से अपने छोटे से तकिए पर अपनी नन्ही कोमल उँगलियों से राम-नाम लिखकर भरोसा खोजना! सुबह पावरोटी-चाय, दोपहर को भात-दाल-तरकारी, शाम को फाके, रात को रोटी-तरकारी खाकर बड़ी होना और स्कूल जाते हुए राह में, खंखड़ बस से, मिठाई की दुकानों की तरफ ललचाई निगाहों से देखना।

अनाथालय का मतलब है सिर पर नारियल का तेल चुपड़ना, बदन पर दवा-दवा गंधवाली साबुन लगाते-लगाते बड़ी होना और दुनिया भर के खुशबूदार मेक-अप के सपने देखना; बीमारी में कोई सर्वरोगहर मिक्सचर पीते-पीते, माथे पर किसी की नरम-मुलायम उँगलियों की छुअन की चाहत करना!

मनोरंजन का मतलब है, छत पर टहलना और टहलते-टहलते सिनेमा-थियेटर, जलसा-जश्न-पूजा की भीड़ में शामिल होने के लिए रो-बिसूरते बेहाल होना। अनाथालय का मतलब है, चिरकाल कूड़ा-कर्कट बटोरनी बने रहना; किसी दिन काँच की चप्पल पहनकर सिंड्रेला न बन पाना।

लेकिन किसी परी की तरह, लतिका'दी ने एक दिन सोनाली को अपने पास बुलाया और उसकी तरफ करुण-ममताभरी निगाहों से देखती रहीं।

उस दिन, सोनाली ने उन्हीं के बाथरूम में बालों में शैम्पू किया; बदन पर खुशबूदार साबुन रगड़-रगड़कर स्नान किया; सुंदर और नए कपड़े लत्ते पहने। भीगे बाल जब सूख गए, तो उसने बालों की वेणी बनाई; सपने में स्नो की शीशी में उँगली डुबोकर, आईने में अपनी सूरत निहारी।

उस दिन वह ट्रेनिंग कॉलेज नहीं गई। लतिका'दी के कमरे में बैठे-बैठे उसकी नील राय से जान-पहचान हुई।

नील राय! स्वाहा राय का बेटा! उन लोगों का अन्नदाता! आश्रयदाता! पालनकर्ता! उन लोगों के आसमान पर अदेखा सूरज—नील राय!

लतिका'दी ने कहा, 'सोनाली, ये हैं नील राय!'

'जी, जानती हूँ!'

'हाँ, ज़रूर जानती होगी! नील, यह है सोनाली!'

'नमस्कार!'

'नमस्कार!'

'आपका पूरा नाम क्या है?'

'सोनाली बसु।'

लतिका'दी ने कहा, 'ख़ैर, नाम और पदवी तो हमीं लोग देती हैं। वैसे इसे देखते ही तुम समझ गए होगे कि सोनाली भले घर की लड़की है।'

'हाँ, हाँ, ज़रूर! ज़रूर! अच्छा, आपको क्या करना अच्छा लगता है? मतलब, आप क्या-क्या करती हैं?'

'मैं?'

लतिका ने ही हड़बड़ाकर जवाब दे डाला, 'बी. ए. पास करने के बाद से, सोनाली हमारे ही स्कूल में पढ़ा रही है।'

'आपको पढ़ाना कैसा लगता है?'

'अच्छा लगता है! काफी अच्छा!'

'हाँ, घर-गृहस्थी का कोई काम नहीं करना पड़ता! ख़ासा मज़ा आता होगा!'

'अरे, वाह, कितने-कितने काम तो करती हूँ।'

लतिका'दी फिर टपक पड़ीं, 'हमारे यहाँ छोटे बच्चों के क्रेश का सारा काम, यही तो सम्हालती है! अकेली ही वहाँ का सारा काम यही निपटाती है।'

'आपने बताया नहीं, आपको क्या अच्छा लगता है?'

सोनाली फट् से बोल उठी, 'घूमना!'

'कहाँ?'

'क्यों? कलकत्ता शहर में!'

'कलकत्ता में?'

'अरे, वाह, यहाँ देखने के लिए कितनी-कितनी जगहें हैं! कितने वर्षों से मुझे शौक है कि विक्टोरिया के अंदर भी देखूँ! अभी तक न्यू मार्केट भी नहीं देखा।'

नील ने अचानक उसकी तरफ बेहद विस्मित-व्यथित निगाहों से देखा।

थोड़ा ठहरकर उसने कहा, 'कोई बात नहीं किसी दिन चलेंगे!'

नील चला गया।

सोनाली को ख़बर नहीं हुई। लतिका'दी ने बेहद चिंतित मुद्रा में स्वाहा राय को फोन किया।

'मैं लतिका बोल रही हूँ।'

'हाँ, कहो, लतिका।'

'नील आया था।'

'जानती हूँ।'

'उन दोनों में बातचीत हुई।'

'क्या लगा?'

'सोनाली को वह काफी पसंद आया है।'

'उफ! लतिका—'

'हाँ, कहिए—'

'सोनाली कौन होती है? अनाथालय की मामूली छोकरी! उसने अपने जीवन में देखा ही क्या है? नील तो उसे अच्छा लगेगा ही! यह बताओ कि नील को वह पसंद आई या नहीं? मैं यही जानना चाहती हूँ।'

'ऐसा ही तो लगा।'

'नील क्या वहाँ दुबारा जाएगा?'

'हाँ, लगा तो यही कि वह दुबारा आएगा।'

'चलो! अब राजी-खुशी ब्याह हो जाए।'

'जी-हाँ!'

लतिका'दी ने फोन रखकर, अपने चेहरे का पसीना पोंछा। स्वाहा राय अगर चाहतीं तो शहर कलकत्ता में किसी भी लड़की से अपने बेटे का ब्याह कर सकती थीं। लेकिन, उन्होंने सोनाली को ही चुन लिया। क्यों? लोगों के सामने क्या वे यह साबित करना चाहती थीं कि वे परम उदार हैं? या कोई और मतलब है? लतिका'दी स्वाहा राय से बेतरह डरती थीं। उसे हमेशा यही आशंका लगी रहती थी कि वे जो कुछ भी कर रही हैं, उसके पीछे उनकी कोई और गुप्त अभिसंधि ज़रूर है।

कुछ ही दिनों बाद, नील दुबारा आ पहुँचा। दोपहर को सोनाली को साथ लेकर, उसे विक्टोरिया और म्यूजियम़ दिखा लाया।

कुछ दिनों बाद, वह शाम के वक्त आ पहुँचा।

'चलो, सोनाली कहीं घूम-घाम आएँ।'

'तुम' का सम्बोधन सुनकर सोनाली की छाती धड़क उठी।

'रुकिए, ज़रा कपड़े बदल आऊँ।'

'क्या ज़रूरत है? ऐसे ही चलो।'

उसके बाद, मानों सपने में ही वह नील के साथ चलती हुई गाड़ी पर सवार हुई; मैदान में बैठे-बैठे नील से बातें कीं। सोनाली के मन में भय, लज्जा, कुंठा, अविश्वास, जो भी था, वह उसकी क़िस्मत!

लेकिन नील की आवाज़ में क्लांत-करुण मनुहार!

'सोनाली, तुम डरो मत! मैं तुम्हारा नुकसान नहीं करूँगा।'

सोनाली ने सिर उठाकर उसकी तरफ देखा। नील की आँखें! नील की आँखें! सागर-सागर! उन आँखों में थकान थी! फ़िक्र थी! दुःख था!

नील ने कहा, 'मैं बहुत थक गया हूँ, सोनाली! बेहद अकेला हूँ! मुझे तुम्हारी बेहद ज़रूरत है।'

उसी पल, सोनाली के मन में नील के प्रति प्रगाढ़, दुर्वार ममता उमड़ आई। उसे कुछ भी पता नहीं था, उसे सिर्फ यह लगा कि नील उसे चाहता है! नील को उसकी ज़रूरत है।

लेकिन वह अपनी जुबान से यह नहीं पूछ सकी, 'मुझे ही क्यों? तुम्हें पाकर तो कोई भी लड़की धन्य हो जाएगी।'

'तुमने मेरी माँ को नहीं देखा। लेकिन, माँ ने तुम्हें देखा है। माँ को तुम चाहिए।'

सोनाली उसकी बात सुनकर, इस क़दर अवाक् हो उठी कि उसकी जुबान से आवाज़ ही नहीं फूटी।

नील ने ही बातों का सिलसिला जारी रखा, 'तुम्हें एकाध बार देखकर ही मैं समझ गया हूँ कि तुम्हें पाकर, मैं बहुत कुछ पा लूँगा। लेकिन तुम यह नहीं समझोगी। मुझे यह भी लगता है कि तुम मेरे साथ सुखी नहीं रहोगी। तुम चाहो, तो मुझे मना कर सकती हो। मैं माँ से कह दूँगा कि सोनाली राजी नहीं है।'

'लेकिन, यह तो सच नहीं है।' सोनाली ने सहज मुद्रा में जवाब दिया।

'सच क्यों नहीं है, सोनाली?'

'क्योंकि मैंने मना तो नहीं किया।'

'हाँ, मना तो नहीं किया, लेकिन कर तो सकती हो।'

'ऐसा भला मैं क्यों कहूँगी?'

'लेकिन 'हाँ' भी भला क्यों कहो?'

'क्यों नहीं कहूँगी?'

नील विस्मित निगाहों से उसे देखता रहा।

'तुमने तो बी. ए. पास किया है न?'

'हाँ, किया तो है।'

'फिर तुम इतनी बुद्धू क्यों हो?'

'क्यों? इसमें बुद्धू कहाँ से हो गई?'

नील ने ममतालु लहजे में कहा, 'उम्र में, मैं तुमसे कितना बड़ा हूँ। मैं कैसा इंसान हूँ, तुम तो यह भी नहीं जानतीं।'

'जिस दिन आप मुझसे पहली बार मिले, उस दिन क्या आपकी उम्र कम हो गई थी? अपनी उम्र जान-सुनकर ही तो...'

'वा-ह! तुम तो काफी युक्तिसंगत बहस कर सकती हो।'

'हाँ, कर सकती हूँ।'

'मैं किस क़िस्म का इंसान हूँ, क्या तुम जानती हो?'

सोनाली की जुबान से छूटते ही निकला, 'जिसकी ऐसी आँखें हों, वह हरगिज बुरा नहीं हो सकता।'

'कैसी आँखें?'

'मुझे नहीं पता।'

सोनाली ने और कोई बात नहीं की। नील ने पाइप में तंबाकू भरा और कश खींचने लगा।

थोड़ा ठहरकर उसने दुबारा कहा, 'तुम सोच लो, सोनाली, थोड़ा वक्त लो। लेकिन, एक बात हमेशा याद रखना। माँ के सामने मेरी तारीफ कभी मत करना! कब्भी भी नहीं।'

'क्यों?'

'माँ की नज़रों में मैं निरा नाकारा हूँ।'

'वाह! ऐसा, कैसे हो सकता है? हमारे यहाँ आपका कितना सुनाम है!'

'अच्छा? खूब सुनाम है? क्या कहते हैं लोग?'

'कहते हैं, आप में अहंकार बिल्कुल नहीं है! आपका मन कितना उदार ...कितना बड़ा है।'

'लेकिन, माँ को ऐसा नहीं लगता।'

'क्यों?'

नील अचानक हँस पड़ा, 'यह सब बाद में सुनना।'

'आपकी आँखें इतनी लाल क्यों हैं?'

'रात को नींद नहीं आती, शायद इसलिए!'

'रात को आप सोते नहीं? क्यों?'

'रात को मुझे नींद नहीं आती।'

'फिर आप करते क्या हैं?'

'किताबें पढ़ता हूँ! भोर के वक्त सोता हूँ।'

'कब से?'

'हमेशा से!'

'माँ कुछ नहीं कहतीं?'

'उन्हें मालूम हो, तब न!'

'वे नहीं जानतीं?'

'ना–'

'अरे!'

सोनाली को सारी बातें बेहद गड़बड़ लगीं। माँ के होने का तो मतलब होता है, सब कुछ होना! माँ के होते हुए, बेटे को बचपन से ही नींद नहीं आती, वह समूची रातें जाग-जागकर गुज़ारता है और माँ को इसकी ख़बर तक नहीं है?

अचानक नील ने भी मानों मन ही मन फैसला कर लिया, 'सुनो, मैंने यह बात तुम्हें बताई है, माँ से मत कहना।'

'ठीक है, नहीं बताऊँगी।'

'तुम भी, बचपन से ही अकेली-अकेली सोती हो न?'

'हाँ!'

'तुम्हें डर नहीं लगता था?'

'बे–हद!'

'तब तुम क्या करती थीं?'

'तकिए पर राम-नाम लिखती थी।'

'हत्तेरे कि! मैं यह तरीका नहीं जानता था।'

'आप अकेले-अकेले सोते थे?'

'हाँ, और क्या?'

'आपको डर लगता था?'

'भयंकर डर लगता था।'

'आपके कमरे में और कोई नहीं होता था?'

'आया को होना चाहिए था, लेकिन वह चली जाती थी।'

'माँ को ख़बर नहीं होती थी?'

'वे तो दूसरी कोठी में रहती थीं। लेकिन, उनसे मेरी भेंट कहाँ होती थी? अपनी तीन साल की उम्र से दस साल की उम्र तक, उन्होंने मुझे अपने पास बुलाकर, मुझसे बातें की हों ऐसी घटना मेरी उँगलियों पर गिनी हुई हैं।'

'तो आप रहते किसके पास थे?'

'क्यों? नौकर-दाई-आया लोगों के पास! असल में...'

'असल में क्या?'

'मैं अकेला ही रहता था! सिर्फ अपने साथ!'

'तभी से आपको रात-रात भर जागने की आदत पड़ गई?'

'शुरू-शुरू में मुझे नींद नहीं आती थी। लेकिन, बाद में मुझे इसकी आदत पड़ गई। अब तो मैं रातों की नींद जैसे भूल ही गया हूँ।'

'आपका खाना-पीना, सा-रा कुछ उन्हीं लोगों के जरिए...?'

'हाँ, और क्या!'

'ए म्माँ!'

'हाँ, तभी से ही...मतलब, ज़रा बड़ा होते ही, मैं अपनी चाय-कॉफी खुद बनाने लगा! अपना नाश्ता भी खुद ही करने लगा।'

'बाकी खाना-पीना?'

'चार साल पहले, मेरा प्रमोशन हुआ है। अब मैं उनके साथ, एक ही टेबल पर, दिन और रात का खाना खाता हूँ।'

'सच्ची?'

'क्यों? हैरत हो रही है?'

'वे शायद व्यस्त रहती होंगी, इसीलिए...'

'नहीं! नहीं! नहीं!' नील हँस पड़ा, 'मेरे डैडी मर्द जैसे मर्द थे। घुड़सवारी करते थे; मोटर रेसिंग करते थे; शिकार करते थे। मुझे तो डैडी का रूप-गुण नसीब नहीं हुआ। मॉम मुझे अलग-अलग ही रखती थीं...मुझे सख़्त-समर्थ मर्द बनाने की कोशिश करती रहीं।'

'अच्छा?'

'विसरा तो यही बताता है।'

'विसरा कौन है?'

'उसे मॉम का दाहिना हाथ कह सकती हो।'

'पुराना नौकर है?'

'खू-ब पुराना!'

'माँ का बेहद विश्वासी आदमी है?'

'खू-ब! मॉम अगर कहें, तो वह अपनी जान भी दे सकता है।'

'अच्छा?'

'हाँ, मॉम मुझसे कहीं ज़्यादा उस पर भरोसा करती हैं।'

'आपसे भी ज़्यादा?'

'हाँ! हाँ! तुम लोगों की लतिका' दी पर भी वे मुझसे ज्यादा भरोसा करती हैं। लेकिन, सोनाली, तुम असली बात मत भूल जाना। तुम वक्त लो! ज़रा सोच देखो। अभी ही जवाब देने की ज़रूरत नहीं है।'

'मैंने सोच लिया।'

'क्या सोचा?'

'वह तो पहले ही बता चुकी हूँ।'

'सोनाली, तुम इतनी बातें कर सकती हो?'

'क्यों नहीं कर सकती?'

'अगर मैं तुम्हें अ-सुखी करूँ?''

'अ-सुखी क्यों करेंगे?'

'मुझे डर लगता है–'

सोनाली में मानों ढेर-ढेर हिम्मत आ गई। उसने नील के हाथ पर हाथ रख दिया।

'सुनो, डरने की क्या बात है?'

अनाथालय की जिन लड़कियों का विवाह हो जाता है, वे मानों हाथों में स्वर्ग पा जाती हैं। इस नज़रिए से सोनाली को तो मानों स्वर्ग नसीब हो गया था। लेकिन, इससे भी कहीं ज़्यादा, जो उसके मन में उमड़ रही थी, प्रत्याशित बरसात की तरह वह थी उसके प्रति ममता!

आज, यहाँ आने से पहले, सोनाली ने ही नील को आश्वासन दिया, 'देखना, सब ठीक हो जाएगा। डरने की कोई बात नहीं।'

अनाथालय का मतलब ही होता है, दूसरों के द्वारा फेंकी गई तमाम चीज़ों की बटोरन पर जीना। यहाँ तो नील उससे विवाह करना चाहता है। यह तो ज़िंदगी में पहली बार सोनाली अपने ढंग से, अपने लिए कुछ हासिल करने वाली है।

सोनाली को तो लगा, इसके पीछे तकदीर का कोई नेक अभिप्राय है, वर्ना अनाथालय की लड़की, सोनाली के साथ, स्वाहा राय के बेटे, नील राय की शादी तय होती?

मन ही मन उसमें इतना असीम साहस कहाँ से मिला? जाने कौन तो उसे इतना मनोबल दे रहा था! उसे स्वाहा राय का सामना करने में कहीं से भी खौफ़ नहीं हुआ।

लेकिन इस कोठी में क़दम रखने के बाद से ही वह निरी विवश, कमजोर और मंत्रमुग्ध! नील ने अपनी माँ के बारे में जो कुछ बताया था, बेशक वह सच ही होगा, क्योंकि नील कभी झूठ नहीं कहेगा। इसके बावजूद स्वाहा राय ग़ज़ब थी! अनन्या थी!

नील की आँखें गहरी हो आईं। उसने लंबी उसाँस भरी! सीने में धँसी हुई टीस और गहरी होती गई। टीस मानों जाना ही नहीं चाहती। माँ ज्यों-ज्यों कठिन से कठिनतर होती गई, निष्ठुर से और निष्ठुर होती गई; निर्मम से और निर्मम होती गई, जैसे वे इस वक्त हो रही थी, अपना मोहजाल फैलाकर, सोनाली के मन में ज़हर भरती गईं, नील के सीने का दर्द उतना ही भयंकर होता गया। अचानक उसे हँसी आने लगी। कैसी एब्सर्ड परिस्थिति है! कितना मर्मांतक है।

स्वाहा राय के हाथों से लगाया हुआ एक पेड़ तक नहीं बचता। नील ने उनके हाथों में, सोनाली जैसी एक निष्पाप लड़की को सौंप दिया है। वह भी स्वाहा राय की किसी विकृत, अद्भुत इच्छापूरण के लिए! नील तो उसे अपने लिए चाहता था। लेकिन नील जानता है कि उसके खून की बूँद-बूँद पर अभिशाप का साया है। स्वाहा राय का बेटा किसी भी लड़की को सुखी नहीं कर सकता। इसीलिए माँ ने जब उसे मंजीरा को भूल जाने को कहा, वह समझ गया, उसका दिल भले टूट जाए, मगर मंजीरा बच जाएगी।

लेकिन वह सोनाली को क्यों नहीं बचाना चाहता? अपने अभिशप्त जीवन में वह सोनाली को क्यों लपेट रहा है? वह सोनाली से कहता क्यों नहीं कि तुम्हें दुःख है कि तुम्हारे पास अपने माँ-बाप का परिचय नहीं है। मेरा दुःख यह है कि मेरे माँ-बाप का परिचय इतना बड़ा है, इतना वजनी है कि मैं सबकुछ भूलकर, सारा वजन उतारकर, कहीं फेंक सकूँ; मैं परिचयहीन हो सकूँ, तो मैं जी जाऊँ। हाँ, मैं मरने से बच जाऊँगा।

लेकिन, नील की जुबान, यह बात क्यों नहीं कहती? स्वाहा राय की तरफ सोनाली को मंत्रमुग्ध निगाहों से निहारते देखकर, नील समझ गया, वह सोनाली को चाहता है। सोनाली पर किसी वंश, किसी आभिजात्य, किसी शान-शौकत, मान-प्रतिष्ठा का वजन नहीं है। उसके मन में ममता ही ममता है। सोनाली अगर उसे मिल जाए, तो मुमकिन है, नील अपनी माँ से आखिरी लड़ाई लड़ सके। मुमकिन है, (ऐसे सौभाग्य के बारे में उसे सोचते हुए भी डर लगता है) वह जीत भी जाए।

मुमकिन है, यह नज़र आए कि नील और सोनाली अपने ढंग से सुखी हो लें। अनल राय और स्वाहा राय की तरह न वे जलेंगे, न जलाएँगे। इस ख़्याल भर से नील को मानों भरोसा बँधा। वह चिंताकुल निगाहों से देखते हुए, पाइप में तंबाकू भरने लगा। उसने लाइटर जलाया।

स्वाहा राय दुबारा बोल पड़ीं, 'सोनाली, नील चाहता है कि तुम उससे विवाह करने को मना कर दो। क्यों, यही बात है न, नील?'

नील ने उनसे नज़रें नहीं मिलाईं, लेकिन, अपनी समूची इच्छाशक्ति से उसने मन ही मन सोनाली को हिम्मत बँधाई—'सोनाली, तुम लाचार मत होना; डरना मत, इस मूर्तिमती अशुभ के सामने हथियार मत डालना। पता नहीं, मैं तुम्हें प्यार करता हूँ या नहीं, लेकिन इस 'प्यार' शब्द से मुझे बे-हद डर लगता है। प्यार का मतलब है, अनल-स्वाहा का प्यार! यह कोठी उस भयंकर प्यार का हिंस्र और जीवंत अजायबघर है। पता नहीं, मैं तुम्हें प्यार कर पाऊँगा या नहीं, लेकिन तुम्हारा मंगल ज़रूर चाहूँगा। इस वक्त भी मैं तुम्हारा मंगल ही चाहता हूँ।'

नील का मन हल्का हो आया। उसके सीने से वजनी चट्टान मानों खिसकने लगी। पहली बार नील, माँ-बाप और अपने, त्रिकोण से बाहर. किसी दूसरे के बारे

में निःस्वार्थ भाव से सोच पाया।

नील की चाहत का बेहद नुकीला तीर, शायद सोनाली को भी बींध गया। अचानक उसने पलकें उठाकर, स्वाहा राय की तरफ देखा।

'आप आग के बारे में कुछ बताने वाली थीं....' उसने सवाल किया।

स्वाहा राय की आवाज़ में अचानक रोमांच दुःख-उत्तेजना का नाटक खेल गया। अब वे अभिनेत्री...साम्राज्ञी बन गईं। वह कमरा उनका मंच बन गया। सोनाली मानों उनकी अगणित मुग्ध-दर्शक और श्रोता बन गई। स्वाहा राय ट्रेजेडी की रानी, सारा सिडनूस बन गईं। इस वक्त वे लेडी मैकबेथ थीं। उनकी इच्छा मुताबिक प्रणय-मृत्यु-युद्ध-रक्तपात घटेगा; वर्णमय अरण्य सचल हो उठेगा; प्रेतलोक के वासी एकदम से जीवंत हो उठेंगे।

स्वाहा राय ने कहा, 'मेरे चेहरे का यह हिस्सा देख रही हो?' उन्होंने अपना चेहरा सोनाली की तरफ घुमाया। उनकी उँगली का दबाव पड़ते ही, शाही कुर्सी के पिछले हिस्से में, बाईं तरफ छोटी-सी, तेज़ रोशनी जल उठी। उनके चेहरे के बाएँ हिस्से में जला हुआ बीभत्स दाग़, नाटकीय तरीके से आलोकित हो उठा। उन्होंने बत्ती जलाकर, अपने नंगे घावों को नाटकीय अंदाज़ में उजागर कर दिया। लोगों को सिहरते देखकर, उन्हें मज़ा आता था। यह दृश्य नील ने जाने कितनी ही बार देखा है? इतनी-इतनी बार देखा है कि उसे अब याद भी नहीं है।

सोनाली भी पहले उस ज़ख़्म के दाग़ देख चुकी थी। स्वाहा राय को देखते हुए, उस ज़ख़्म पर नज़र न पड़े, यह असंभव था। किसी ज़माने में लोग उनका अद्भुत लोकातीत रूप देखा करते थे। अब उनकी अद्भुत और भीषण कुरूपता के दर्शक थे। खूबसूरती और बदसूरती, दोनों ही अगर हद से ज़्यादा हो जाए, तो दोनों ही आकर्षण प्रबल हो सकते हैं। सोनाली ने उस ज़ख़्म को दुबारा देखा और अस्फुट तथा संक्षिप्त-सी चीत्कार के साथ जाहिर किया कि वह ज़ख़्म सच ही बेहद भयानक है।

स्वाहा राय ने बोलना शुरू किया, 'इसी दाग़ से ही, तो नील ख़ौफ़ खाता है। कहता रहता है—'मॉम, तुम आग के करीब मत जाना।' बुद्धू लड़का! समझता ही नहीं कि आग से नए सिरे से डरने के लिए मेरे पास कुछ भी नहीं है। पूरे पैंतीस वर्ष गुज़र गए। वह भी सर्दी का ही मौसम था! रात काफी हो चुकी थी! मैं और नील के डैडी पार्टी से वापस लौटे थे—'

अपनी कहानी का आखिरी जुमला बोलते हुए, उनकी आवाज़ ऐसी हो आई कि सोनाली समझ गई कि बहुत बार दुहराई गई कहानी को स्वाहा राय शायद नाटकीयता रचने का मज़ा पाने के लिए ही फिर-फिर दुहराती हैं। लेकिन इस कहानी

में निहित त्रासदी उन्हें अभी भी स्पर्श करती है और टीस भी देती है।

स्वाहा राय ने कहा, 'उस दिन के हादसे में अच्छी बात बस, मुझे यही लगी कि उस रात नील को लेकर आया पूर्वी कोठी में थी। हमारे इस विंग के साथ, उस हिस्से का कोई संपर्क नहीं है। उन दिनों कोठी का सेट-अप, ज़रा और ही क़िस्म का था।'

उन्होंने नज़रें उठाकर देखा।

बेहद थकी-थकी, बुझी हुई आवाज़ में उन्होंने बात आगे बढ़ाई, 'यह कमरा मर्दों के बैठने का कमरा था। इस कोठी में मर्दाने में कोठी की औरतें, कभी दाखिल नहीं होती थीं। नील के डैडी बिल्कुल अलग किस्म के जीव थे। इस कमरे में जिस दिन उन्होंने अपने दोस्तों से जान-पहचान कराई, उस दिन मैंने नीले रंग की शिफॉन की साड़ी पहन रखी थी। वह साड़ी मेरे बदन से त्वचा की तरह चिपकी हुई थी। मेरा फिगर बे-हद खूबसूरत जो था!'

'वह तो अभी भी जाहिर होता है।' सोनाली ने कहा!

'जाहिर होता है न? सच, जाहिर होता है?'

मानों अपने एक ही जुमले के दम पर सोनाली उनके मन के बेहद करीब आ गई। स्वाहा राय ईषत् झुकीं और उन्होंने सोनाली के बालों को छुआ!

बेहद कोमल लहजे में, वे दुबारा शुरू हो गईं, 'तुम बहुत अच्छी लड़की हो, सोनाली! बहोत भली! हाँ, तो मैं बता रही थी कि उस दिन मैंने नीली शिफॉन साड़ी पहनी थी। और अपनी ननिया-सास का दिया हुआ नीलम का सेट! मैडम नाताली ने मेरे बाल बनाए थे। उसका अपना ब्यूटी पार्लर था। मुझे तो बाल बनाना आता ही नहीं था! मैं तो मेकअप करना भी नहीं जानती थी। यह सारा कुछ सिखाने के लिए नील के डैडी ने मैडम को नियुक्त किया था।'

मानों नील उनका दुश्मन हो, इस अंदाज़ में उन्होंने नील की तरफ उँगली उठाकर, छुरी चमकाने की तरह धारदार आवाज़ में कहा, 'इनके ख़ानदान में वंश और खून का दंभ कुछ ज़्यादा है।' स्वाहा राय अपनी रौ में बोलती गईं, 'डैडी बड़ी सरकारी नौकरी में थे। उस ज़माने के डी. एम. कोठी में बावर्ची-ख़ानसामा-बैरा-चपरासी—सब उनकी हुजूरी में सदा हाज़िर!'

लेकिन मेरी ननिया-सास की ज़बान पर एक ही रट थी, 'रूप देखकर ही भरमा गया? मालिक जैसा, नौकर भी वैसा! अरे, देश में क्या राजा ख़ानदान की लड़कियाँ नहीं हैं?' स्वाहा राय मंद-मंद मुस्करा उठीं।

एकाध पल बाद उन्होंने अगला जुमला जोड़ा, 'नील के डैडी भी भयंकर जिद्दी! उन्होंने ऐलान कर दिया—तब मुझे शादी ही नहीं करनी है।'

स्वाहा को याद आता रहा। नील के डैडी ने कहा था—'विवाह करूँगा, तो उसी लड़की से करूँगा।'

'नहीं! किसी शर्त पर भी नहीं! हरगिज नहीं!' ननिया सास ने भी घोषणा की।

'ठीक है! मैं शादी ही नहीं करूँगा।'

'क्यों?'

'तुम्हें क्या लगता है? मैं उसका रूप देखकर फ़िदा हो गया?'

'और नहीं तो क्या? क्या गुण देखकर?'

'नहीं, नानी, मैं उसे प्यार करता हूँ।'

'प्यार करता है?'

'हाँ—'

'बस, एक बार देखकर ही?'

'हाँ—'

'तब तो तू उससे हरगिज ब्याह न करना, बच्चे!'

'क्यों?'

'इस ख़ानदान में प्यार-मुहब्बत नहीं सहता!'

'क्यों?'

'हमेशा से तो यही देखती आई। मुझे तेरे नाना का प्यार नसीब नहीं हुआ। घर की बहुरिया, चाहे कितनी भी सुंदर हो, उसे प्यार करने में, इस ख़ानदान के मर्दों को शर्म आती थी।'

'मेरी माँ?'

'तोरी माँ तो मेरी ही बेटी थी न? दामाद ने तो कभी, किसी दिन, उससे सीधे मुँह बात तक नहीं की।'

'मैं वह नियम बदल दूँगा।'

'ऐसी बात नहीं करते, बेटा! मेरे ददिया-ससुर का नाम था—अग्निश्वर! सुना है, वे अपनी बीवी को बहोत प्यार करते थे। माँ ने जब यह देखा कि बेटे पर बहू ने क़ब्जा कर लिया है, तो उन्होंने उस बहू को बदनाम करके, घर से निकाल बाहर किया।'

'तब उन भलेमानस ने क्या किया?'

'उन्होंने बंदूक दाग़कर आत्महत्या कर ली! वैसे पहले बीवी को मारा, क्योंकि बीवी को प्यार तो किया जा सकता है, लेकिन ख़ानदान की बहू के नाम कलंक? कलंक भले झूठा हो, मगर उस बहू को ज़िंदा नहीं रखा जा सकता।'

'उनका किस्सा तुम मुझे क्यों सुना रही हो?'

'इसीलिए तो मैं तुझे बताना चाहती हूँ कि इस ख़ानदान में प्यार करने से सर्वनाश हो जाता है। तू उसे प्यार करता है न? तो फिर तू शादी किसी और लड़की से कर, वर्ना सर्वनाश हो जाएगा। मेरी ननिया सास ने सलाह दी थी।' इतना कहकर

स्वाहा राय किसी सोच में डूब गईं।

'मॉम, क्या सोच रही हो?' नील ने पूछा।

'अपनी ननिया सास के बारे में।'

'ओ ऽ ऽ!'

'पता है, सोनाली, हमारा जो ब्याह हुआ, वह सिर्फ नील के डैडी की ज़िद से!' स्वाहा राय, दुबरा सोनाली से मुखातिब हुईं।

'अच्छा?'

'नील के डैडी पर मानों ज़िद सवार हो गई थी, सोनाली! उन्होंने मुझे सिखा-पढ़ाकर, अपने लायक बना लिया। तब तक मुझे कोई बाल-बच्चा नहीं हुआ था, मेरी ननिया सास इस वजह से भी खूब-खूब ताने सुनाती थीं। मेरी शादी हुई थी सतरह-अठारह वर्ष की उम्र में और नील हुआ पच्चीस साल की उम्र में! पूरे सात-आठ साल तक पति का प्यार मैं अकेले-अकेले जीती रही। लेकिन, देखो, तकदीर में नहीं बदा था। इसीलिए, कभी-कभी यह भी ख़्याल आता है कि अगर उनका प्यार न मिला होता, तो वे शायद ज़िंदा रहते।....उस दिन ऐसी ही सर्दी थी। हम लोग पार्टी से लौटे थे। चाबी लगाकर मैंने दरवाज़ा खोला। नौकर-चाकर अपने-ठिकाने पर सोने चले गए थे। नील के डैडी ने काली कॉफी की फर्माइश की। बिजली के करेंट से मैं हमेशा ही ख़ौफ खाती थी। उस रात, मैं किचेन में गई। माचिस जलाकर, मैंने स्विच ऑन किया। रुको...हाँ, उस दिन मैंने आग रंग की सुर्ख-लाल साड़ी पहनी थी और हीरों का सेट!'

'आप ज़रूर बेहद खूबसूरत लग रही होंगी।'

स्वाहा राय के चेहरे पर बुझी-बुझी मुस्कान तैर गई, 'हाँ, मैं बे-हद ख़ूबसूरत लग रही थी, सोनाली! अपनी तारीफ, खुद ही कर रही हूँ! किसी इंसान को इतना ख़ूबसूरत नहीं होना चाहिए। मेरी माँ कहा करती थीं, शरीफ घरानों की लड़कियों में इतना रूप होना, काल होता है।'

'क्या वे खुद भी बेहद सुंदर थीं?'

'नहीं, सोनाली मेरा ही रूप दुनिया-ऊपर था! इतनी रूपवती थी, इसीलिए तो ठीक वक्त पर विवाह नहीं हो पाया। मैं अट्ठारह वर्ष की हो चुकी थी।'

'रूप की वजह से विवाह नहीं हुआ!'

'हाँ, सभी लोग डरते थे। कहते थे—इतना रूप देखने के लिए होता है। इतना रूप घर नहीं लाया जा सकता। यह इंसाफ़ की बात नहीं होती। ख़ैर, छोड़ो! मुझे अभी भी अच्छी तरह याद है कि उस रात मैं रसोई में गई, कॉफी तैयार की और बत्ती बुझा दी!'

'उस वक्त क्या काफी रात हो गई थी?'

'का-फी रात! जाड़ा भी काफी था। किचेन की खिड़कियाँ बंद थीं! मुझे ख़्याल

आया कि मैंने गैस ऑफ नहीं की। हमारे यहाँ हमेशा से ही गैस पाइप के ज़रिए आता था। आजकल की तरह, उन दिनों सिलेंडर का इंतज़ाम नहीं था। मैंने कहा—किचेन में गैस लीक कर रहा है! नील के डैडी ने पूछा—गैस ऑफ कर दिया है? इस बात को लेकर हम दोनों के बीच थोड़ी-सी बहस भी हुई। उसके बाद, माचिस लेकर मैं दुबारा किचेन में गई। गैस कहीं लीक नहीं कर रहा है, इस ख्याल से चेक करने तो चली गई, मगर माचिस जलाने से क्या हादसा हो सकता है, यह ख्याल नहीं किया। उस दिन अगर उस किस्म की सर्वनाशी भूल न करती, तो नील शायद पितृहीन न होता, मेरे चेहरे की यह हालत न होती! उस दिन मुझसे भयंकर भूल हो गई थी, नील! मैंने इसका प्रायश्चित्त भी किया। ऐसा चेहरा लेकर जीना...अट्ठाईस साल की उम्र से...'

नील ने धीमी आवाज में कहा, 'तुमने ही तो मेरी देखभाल का सारा फर्ज़ निभाया, मॉम! मुझे तो किसी मोहताजी का अहसास नहीं है, मॉम! अगर डैडी को मैंने पाया होता, तो शायद उनकी मोहताजी का भी अहसास होता। लेकिन डैडी को तो मैंने जाना ही नहीं।'

'तुम अपने डैडी को नहीं जान पाए, यह कितना बड़ा नुकसान है, वह मैं ही जानती हूँ, नील! मैं तो उन्हें जानती थी न! वे कितने प्राणवंत...कितने ज़िंदादिल थे...। पता है, सोनाली, उनका मृत चेहरा मैंने नहीं देखा। मेरे भइया ने बताया—पता है, स्वाहा, मौत के बाद भी, अनल हम सबसे ज़्यादा जीवंत...फुल ऑफ लाइफ नज़र आ रहा था। ऐसा लग रहा था, वह किसी भी पल उठ बैठेगा और कहेगा—व्हाट नॉन्सेंस! तुम लोग हमें यहाँ क्यों ले आए?'

स्वाहा राय की रुलाई की अनभ्यस्त आँखें एकदम से भर आईं।

उन्होंने धीमी आवाज़ में कहा, 'वे कितनी-कितनी बातें किया करते थे...! कहते थे—वे और मैं चिरकाल जीते रहेंगे और इसी तरह जवान बने रहेंगे। कहते थे—आई मस्ट स्टे यंग! मुझे जवान ही बने रहना होगा, वर्ना नील बड़ा होकर पूछेगा—अरे, मेरे डैडी इतने बुड्ढे क्यों हैं? न्ना! मुझे जवान बने रहना होगा। अपने बेटे के साथ घुड़सवारी करूँगा; शिकार करूँगा! गाड़ी ड्राइव करूँगा! है कि नहीं?'

नील ने लंबी उसाँस भरी।

उसकी उसाँस, माहौल को कहीं उदास न कर दे, यह सोचकर उसने छूटते ही कहा, 'भई, मैं तो उनके जैसा ही-मैन बन नहीं पाता! इसलिए डैडी चले गए, अच्छा ही हुआ!'

स्वाहा राय ने आज अद्भुत सहनशीलता और उदारता दिखाते हुए कहा, ' पता नहीं, नील, बेटे को माँ से ज़्यादा पिता की ज़रूरत होती है। तुम्हें क्या पता, आज अगर वे ज़िंदा होते, तो तुम कैसे बनते।'

'हाँ, तो तुम क्या कह रही थीं, बोलो न!'

'बताती हूँ! जानती हो, सोनाली, ऐसा नहीं है कि नील कुछ कर नहीं सकता। वह बखूबी कर सकता है। लेकिन बस, वह करेगा नहीं! एक बार वह अपने डैडी के चचेरे भाई के यहाँ, हज़ारीबाग़ गया। वहाँ शौकिया शूटिंग-अभ्यास करते हुए, एक बार नहीं, कई-कई बार उसने 'बुलूस-आइ' को बेध दिया। स्कूल में जब वह ऊँची क्लास में था, उसे पहाड़ चढ़ने का शौक लगा। कई सालों तक लगातार वह माउंटेनियर्स क्लब जाता रहा। शौकिया-अभियान में भी गया। बीस हज़ार फीट की ऊँचाई पार कर गया। डॉक्टर पालित तो उसकी तारीफें करते नहीं थकते थे। लेकिन वह ग़ज़ब का ज़िद्दी है...'

'अब यह बात रहने दो न, मॉम!'

'भगवान के लिए, नील, मुझे बताने दो। उस बार उन लोगों ने एक 'वर्जिन' शिखर जय करने की ठानी। जानती हो, नील ने ही पर्वत-आरोहण के अभियान की पूरी योजना बनाई। उनके साथ गया भी! तेईस हज़ार फीट ऊँचा पहाड़। इक्कीस हज़ार फीट पार कर लेने के बाद, अचानक वह अड़ गया। उसने अपने साथियों से कहा—'तुम लोग चढ़ जाओ, मुझे नहीं जाना!' उसके बाद, वह किसी शर्त पर भी आगे नहीं बढ़ा। यह सुनकर, मुझे कितना अफसोस हुआ...'

सोनाली ने मीठी शिकायत भरी नज़रों से नील की तरफ देखा। नील हँस पड़ा।

स्वाहा ने अपनी बात जारी रखी, 'तैराकी कहो, खेल-कूद कहो—हर क्षेत्र में, बेहद अच्छी रिपोर्ट मिली, लेकिन किसी दिन भी उसने किसी मुक़ाबले में हिस्सा नहीं लिया। स्कूल के फादर लोगों को क्या इसका कम अफसोस था?'

'मैं शायद कामयाब न होता, मॉम?'

'नहीं, नील, मुझे बताने दो। और-और लड़कों के घरों में कितनी-कितनी ट्रॉफियाँ, कप, मेडल वगैरह होते हैं। तुम्हारे बाप-दादे-परदादों ने शिकार में जो ट्राफियाँ हासिल की थीं, मैंने तो उनकी एक गैलरी ही बना डाली है। लेकिन नील कभी कुछ घर नहीं लाया, इस बात से मुझे दुःख नहीं होगा?'

'मैं ही-मैन नहीं हूँ, यही तो मैं साबित करता जा रहा हूँ, मॉम! अब तुम्हारी जो उम्र हो चुकी है, तुम इस दुःख के साथ ही रहना सीख लो।'

'किसके साथ?'

'यही कि मैं ही-मैन नहीं हूँ।'

नील की आवाज़ तीखी हो आई। स्वाहा की आँखों में हिंस्र खुशी झलक उठी। हाँ, नील को विद्ध करने में कामयाब हो गईं। नील का प्रबल प्रतिरोध जैसे टूट गया। सोनाली ने गौर किया, माँ के जा़ल में फँसकर, नील मानों पछता रहा हो! उसे नील के लिए बेहद तकलीफ होने लगी! पता नहीं क्यों तो माँ-बेटे एक-दूसरे को छोटा करके तकलीफ झेलते हैं!

दोनों एक दूसरे की आँखों में देखते रहे। नील ने मुँह फेर लिया। उसने

अपनी पाइप में दुबारा तंबाकू भरा, लाइटर ठोंका और पाइप सुलगा ली!

स्वाहा ने कहा, 'हाँ, तो मैं बता रही थी...उस रात मैंने माचिस जलाई ही थी और बत्ती जलाने के लिए, स्विच टटोल रही थी। उस वक्त, रसोई की हवा में गैस भर गया था! हवा एकदम से भभक उठी! मामला समझने के पहले ही, मैंने देखा मेरी साड़ी, शॉल—सब धाँय-धाँय करके जल उठीं! वे दौड़कर आए और मुझे खींचने लगे। मैं बेहोश हो गई। उसके बाद क्या हुआ, मुझे कुछ नहीं पता, सोनाली! उन्होंने क्या किया, खुद भी कब होश गँवा बैठे, लोग-बाग़ कब आए... मैं नहीं जानती।'

कमरे में काफी देर तक ख़ामोशी छाई रही।

सोनाली ने धीमे से पूछा, 'क्या वे भी जल गए थे?'

'नहीं, ही डायड ऑफ सफोकेशन! उनका दम घुट गया और उन्होंने दम तोड़ दिया। हवा में ऑक्सीजन नहीं था। कार्बनिक मोनोऑक्साइड उनकी साँसों में उतर गया था! नील, तुम्हें तो पता है, उन्हें ज़्यादा तकलीफ नहीं हुई!'

सोनाली बेतरह अवाक्! नील को भला कैसे पता कि उसके डैडी ने अपनी मौत के वक्त ज़्यादा तकलीफ नहीं झेली? उस वक्त तो नील कुल तीन वर्ष का था।

नील भी समझ गया कि सोनाली बेतरह अचरज से भर उठी है।

सोनाली की तरफ देखते हुए, उसने चेहरे पर सकुचाई-सी मुस्कान खींचकर कहा, 'कभी-कभी मुझमें जानने की तीखी चाह जागती है। उन दिनों मैं अपने क्लब में शौकिया फायर-ब्रिगेड की ट्रेनिंग ले रहा था। स्कूल का ही छात्र था। ग्यारहवीं क्लास में पढ़ता था। डॉक्टरों से मैं बार-बार सवाल करता रहा। जब मैंने उन्हें डैड की मौत के बारे में बताया, तो उन लोगों ने मुझे समझाया कि मेरे डैड जिस तरीके से मरे थे, उसमें मौत ज़्यादा वक्त नहीं लेती।'

नील की आँखें सिकुड़ आईं। अनमने नील ने लगभग बुझी-बुझी, थकी-थकी, पराजित मुद्रा में, धीमे-धीमे जो कहा, वह लगभग स्वगतोक्ति जैसी थी।

'मैं क्या पीजी अस्पताल के डॉक्टरों के पास नहीं गया? जाने किस-किस तदबीर से पुराने रिकॉर्ड खँगालकर, मैंने डैड की केस-फाइल निकाली। नहीं, डैडी को ज़्यादा तकलीफ नहीं हुई थी।'

'तकलीफ नहीं हुई थी न, नील?'

'मॉम, पहले भी मैं तुम्हें कई बार बता चुका हूँ! उन्हें तकलीफ तो हुई थी! प्रबल तकलीफ! ऑक्सीजन के बजाय, फेफड़े में अगर कार्बनिक मोनोक्साइड गैस घुस जाए, तो असहनीय तकलीफ तो होनी ही थी। लेकिन, वे बेहोश हो गए थे। जब उन्हें तकलीफ हो रही थी कि उनका दिमाग़ जवाब दे चुका था। इसलिए जिन भाव-तंत्रियों के जरिए तकलीफ का अहसास होता है, वे भी काम करना छोड़ देती हैं! तकलीफ उन्हें हुई थी, मगर उस तकलीफ की तीव्रता, वे महसूस नहीं

कर पाए। ऐसे लोगों को मौत भी जल्दी ही आ जाती है।'

स्वाहा ने कहा, 'जानती हूँ, नील, कितनी ही बार तो सुन चुकी हूँ! फिर भी...'

सोनाली ने गौर किया, स्वाहा राय की आँखों में आहत वेदना झलक उठी, मानों अपने भाग्य से उन्हें बेतरह शिकायत हो! वह एकदम से समझ गई। बिजली की कौंध में, उसे उस सख़्त, हिंस्र, विकृत और जटिल औरत की गहराइयों में बसी, उस अभागिन स्वाहा राय की अचानक झलक मिल गई। विगत अतीत में, उस जाड़े की रात में, स्वाहा राय के जीवन में सबसे बड़ी ट्रैजेडी घट गई थी। जीवन के एकमात्र प्यार से, बेहद निष्ठुर तरीके से वंचित होने के बाद उनकी ज़िंदगी, वहीं क़ैद होकर रह गई। आज भी वे यह बात भुला नहीं पाई हैं। उनके लिए आज भी वह मुर्दा और अतीत अध्याय, इस क़दर वास्तविक है कि उसके मुक़ाबले ढेरों ज़रूरी और अनिवार्य सच, अवास्तविक हो उठे हैं।

मसलन उनके इकलौते बेटे का सुख!

स्वाहा राय को निहारते हुए, सोनाली समझ गई कि नील उनके लिए कितना गैर-जरूरी है। आज, जब उनका समस्त रूप यौवन, अतीत की स्मृति बन चुका है, तब भी उन्हें अपने को पहले माँ, बाद में किसी की बीवी होने का ख़्याल नहीं आता। वे हमेशा किसी अतीत, गुज़रे हुए अतीत की यादों में स्वेच्छा से क़ैद रहती हैं। इसीलिए वे नील के प्रति लगातार नाइंसाफी करती जा रही हैं।

इसके बावजूद सोनाली के मन में उनके प्रति कहीं श्रद्धा जाग उठी। जो औरत प्रेम का इस हद तक सम्मान करती है, उसके प्रति श्रद्धा जताए बिना, और कोई उपाय भी कहाँ है? सोनाली मुग्ध हो उठी।

स्वाहा राय ने उसकी तरफ स्नेहिल नज़रों से देखा। यह बात क्या उनकी समझ में आ गई कि मृत पति के प्रति उनकी यह प्रेमभरी भक्ति देखकर, सोनाली उन्हें प्यार किए बिना रह नहीं पा रही है? यही सोनाली, नील से विवाह करेगी और वे नील को बिल्कुल प्यार नहीं करतीं, हालाँकि नील उनका सगा बेटा है।

स्वाहा राय ने कहा, 'चलो, अब कॉफी पी जाए, सोनाली! उसके बाद, तुम्हें तस्वीरों की गैलरी दिखाऊँगी। हमारे परिवार के सभी लोगों की तस्वीरें तो तुमने देखी नहीं हैं।'

'तुम दिखाओगी, मॉम?'

'नहीं, नील, मैं तो दूसरी मंज़िल के उस हिस्से में जाती नहीं। तुम ही उसे वहाँ ले जाना। वह भी सब देख-सुन ले। बाद में, उन सबकी सार-सम्हाल उसे ही तो करनी है।'

स्वाहा राय ने बटन दबाया। ट्रे-ट्रॉली धकेलता हुआ विसरा कमरे में दाखिल हुआ। चाँदी का कॉफी-पॉट, चीनी और क्रीम पॉट! कई तरह के बादाम। सैंडविच, पेस्ट्री, केक, क्रीम और मक्खन के रोल, मछली के फिंगर-रोल, सफेद कुरकुरे

आलू-फिंगर! सोनाली ने एक साथ इतने क़िस्म के व्यंजन अपनी नज़रों से पहले कभी नहीं देखे थे।

'विसरा, देख लो! यही मुन्ना की बहू बननेवाली है।'

विसरा ने अँधेरी और गूँगी, भाषाहीन आँखों से सोनाली को देखा और सिर हिलाया।

'सोनाली, प्यालियों में कॉफी डालो।'

स्वाहा राय कुर्सी से टिककर बैठ गईं। हाथ झुकाकर उन्होंने काठ के थोड़े-से छिलके उठाए और फायरप्लेस की तरफ उछाल दिया।

उन्होंने सपनीली आवाज में कहा, 'आग मुझे बे-हद अच्छी लगती है।'

[मूल कहानी का समय, पात्र सब अपनी-अपनी जगह मौजूद हैं। हम दुबारा सन् 1960 में लौट चलेंगे। लेकिन अभी हम स्वाहा, सोनाली और नील के जीवन के भविष्य की ओर चलें। आइए, हम देखें, सन् 1961 के दिसंबर में, इनका आपसी रिश्ता किस ओर मुड़ चला है]

दिसंबर, 1961

शाम होने से पहले ही मिंटो पार्क की कोठी की बत्तियाँ जल उठीं। सर्दी की शाम जल्दी ही उतर आती है। समूची कोठी की बत्तियाँ रौशन हो उठीं। नीचे काँच के बर्तनों की टुंग-टाँग की आवाजें!

नील ने दरवाज़े पर दस्तक देते हुए आवाज़ दी, 'सोनाली, गेट रेडी! मामा-मामी बस, आते ही होंगे।'

'बस, अब्भी आई...'

सोनाली ने दीवार पर जड़े आईने के सामने खड़े होकर अपने को निहारा! विस्मय से उसने सिर भी हिलाया। अब वह सच ही पहचानी नहीं जा रही थी। इस साल फरवरी में उन दोनों का विवाह संपन्न हो चुका था। अब तो ग्यारह महीने भी गुज़र गए। लेकिन, ऐसा लगता था, मानो विवाह की खुशबू अभी तक उसके बदन से नहीं गई।

सोनाली अभी तक सपनों में डूबी हुई थी। सपना नहीं तो यह और क्या है? सोनाली को इस कोठी के डॉक्टर के यहाँ ठहराया गया था। विवाह संपन्न हुआ, अलीपुर के किसी किराए के मकान में! दूल्हा गाड़ियों का जुलूस लेकर आया।

प्रीति भोज के उपलक्ष में इस मकान में पूरे सात दिनों तक जश्न चलता रहा!

उपहारों का हिसाब-किताब रखने के लिए, दो महिला कर्मियों के साथ, खुद लतिका'दी को तैनात किया गया था। सोनाली के गहने, उपहार में मिले गहने और रुपए रखने के लिए, स्टील की एक अलमारी भी रखी गई। उस बड़ी अलमारी में भी सारा सामान नहीं अँटा।

स्वाहा राय ने सात दिनों तक, गहनों के सात अलग-अलग सेट से सोनाली को सजाया। आखिरी दिन सोनाली ने हीरों का सेट पहना था। हीरों की एक-लड़ी हार, चूड़ियाँ, झुमके, अंगूठी! सफेद रंग की बनारसी साड़ी पर, सोने के तार से, समूची रामायण की कहानी, कसीदे में उतारी हुई!

वह साड़ी सोनाली के हाथों में सौंपते हुए, स्वाहा राय ने कहा, 'अपनी तरफ से मैंने कोई आड़ नहीं रखी, सोनाली! यह साड़ी नील के डैडी ने मेरे लिए तैयार कराई थी। यह साड़ी, उनके जाने के बाद, बनारस से आई थी। बनारस का भगतलाल, हमेशा से ही इस कोठी की साड़ियाँ बनाता था। यह उसके हाथों तैयार की गई साड़ी है। यह साड़ी मैंने एक बार भी नहीं पहनी।'

'तो आप यह साड़ी मुझे क्यों दे रही हैं?'

'और किसे दूँगी?'

'यह साड़ी मैं पहनूँगी?'

'पहन लो न! रुको, ज़रा रुको! साड़ी की नक्काशी देखी? मीनाकारी के कसीदे में मोर की जोड़ी!'

'हाँ, देख तो रही हूँ।'

'रुको, ज़रा।'

स्वाहा राय, अपने घर से मखमल का एक डिब्बा भी लाई थीं। उसे खोलते ही, सोनाली स्तंभित रह गई। बनारसी साड़ी पर कढ़े हुए मोरों की तरह कान के झुमके, नेकलेस, अंगूठी, ब्रेसलेट!

'यह सब मैं पहनूँगी?'

'हाँ, तुम्हें ही तो दे रही हूँ।'

'नहीं, नहीं! यूँ सब कुछ मत दे डालिए।'

सोनाली मानों डर गई। नील की माँ यूँ अपना सबकुछ उसे क्यों दिए दे रही हैं? उसे इतना प्यार क्यों करने लगीं? उफ! प्यार लेने के साथ-साथ ढेरों दाय-दायित्व भी क़बूल करना पड़ता है और सोनाली ठहरी घोर अनाड़ी! वह इतनी सारी जिम्मेदारी सम्हालेगी कैसे?

स्वाहा राय उसकी तरफ करुण ममता से देखती रहीं। वे क्या अपना सबकुछ दिए दे रही हैं? सबकुछ कहते किसे हैं? स्वाहा का सबकुछ क्या है? नील? नहीं, नहीं, नील उसका सबकुछ नहीं है। नील उनका कुछ भी नहीं है। सोनाली को

उन्होंने कुछ नहीं दिया।

'तुम मेरी बेटी हो, सोनाली!' यह कहते हुए, उन्होंने अनल से मन ही मन माफी माँगी। सोनाली उनकी बेटी कैसे हो सकती है? उनका और अनल का तो सपना था कि उन दोनों की प्रतिरूप ही, उनकी कोई एक अपूर्व-असाधारण बेटी हो। उसका आग जैसा रंग हो, तनी हुई ग्रीवा हो, सुडौल उभार हो, ललछौंहें सुनहले बाल हों, आँखों से तीखी नशीली शराब झरती हो; उँगलियों के स्पर्श में बिजली कौंधती हो।

वह स्वप्नसंभवा, वह नीलांजना तो उनकी गोद में आई नहीं! उसकी जगह नील आया! सुनो, सोनाली, तुम मेरी बेटी हरगिज नहीं हो!

'सोनाली, तुम ही मेरी बेटी हो—' स्वाहा ने दुबारा कहा।

सोनाली उनसे लिपट गई, 'हाँ, हाँ, मैं आपकी बेटी ही बनूँगी। आपका सा-रा दुख मिटा दूँगी।'

सात दिनों के उत्सव में नील की भूमिका बेहद गौण थी। मुख्य थीं—स्वाहा! सोनाली!

उसके बाद, आठवें दिन, स्वाहा राय ने कहा, 'नील सोच रहा है, उसकी मॉम सा-रा कुछ सोनाली को ही दे रही हैं।'

'तुम उसे ही तो दोगी, मॉम!'

'नहीं, तुम्हें भी दूँगी।'

'क्या?'

'तुम्हें क्या दे रही हूँ, यह तुम सोच भी नहीं सकते।'

'क्या, मॉम?'

'शादी तो कर ली, हनीमून पर नहीं जाओगे?'

'सोच तो रहा था—'

'क्या?'

'दीघा!'

'दीघा?'

'दीघा कोई बुरी जगह तो नहीं है।'

'दी-घा!' स्वाहा राय ने लंबी-सी उसाँस भरी!

उन्होंने बेहद कोमल लहजे में मिन्नत की, 'दीघा तो क्लर्क-किरानी जाते हैं, नील! या फिर वे लोग जाते हैं, जिनकी कोई क्लास नहीं होती। तुम दीघा मत जाना। कुलू-मनाली चले जाओ, शिमला जाओ, दीघा मत जाना! तुम अगर दीघा गए, तो समाज में, मैं मुँह दिखाने के काबिल नहीं रहूँगी।'

'अच्छा? तुम मुँह नहीं दिखा पाओगी?'

'नहीं, नील, नहीं! बिरादरीवाले कितनी बातें बनाएँगे, जानते हो? तुम तो

कहीं जाते नहीं, मैं जाती हूँ। लोग-बाग़ यही कहेंगे कि ऐसा ब्याह किया, इसलिए स्वाहा राय ने बेटे को त्याग दिया।'

'यह तुम क्या कह रही हो, मॉम? शादी के बाद, अगर हम दीघा जाएँ, तो ये बातें उठेंगी? नहीं, नहीं, इससे तो बेहतर है, हम यूरोप चले जाएँ। जाऊँ, मॉम? यूरोप चला जाऊँ?'

'नील, या तो दीघा या सीधे यूरोप?'

'अच्छा, यह भी अतिशयता होगी? ठीक है, हम छत पर ही चले जाते हैं। क्या कहती हो, सोनाली, छत पर चलें?'

'छत पर?' स्वाहा राय हकबका गईं।

'अरे, मॉम, यह भी एक किस्सा है, समझीं, मॉम? तुम्हारे वीमेन्स होम के क्लर्क हरि'दा भी ज़िंदगी में कहीं नहीं गए।'

'उसे तुम हरि'दा कहते हो?'

'अरे, हरि'दा तो वर्षों से मेरे दादा हैं।'

'नील! नील!'

'यह सब तो जन-संपर्क का मामला है, मॉम!'

'खैर, तुम क्या कह रहे थे, वही कहो।'

'हरि'दा की बीवी ने यह ज़िद पकड़ ली इस बार पूजा में, वे कहीं न कहीं ज़रूर जाएँगी। लेकिन हरि'दा यहाँ से हिलने को भी राजी नहीं थे। भाभी जाकर ही रहेंगी। उनके घर में तुमुल कोल्ड-वार शुरू हो गया। आखिरकार उनका झगड़ा मिटाने मुझे ही जाना पड़ा।'

'तुम?....तुम उसके घर गए?'

'कित्तनी ही बार गया हूँ! मेरा वह जो बादामी स्वेटर है न, वह भाभी ने ही तो बुनकर दिया है। ख़ैर जब मैंने उन्हें समझाया कि 'हरि'दा, काशी चले जाएँ।' हरि'दा ने कहा—'काशी में तो बंदरों का उत्पात मचा रहता है! पुरी में पंडों का उत्पात रहता है! दिल्ली में बेतरह भीड़ है। मद्रास में सभी लोग अंग्रेजी छाँटते हैं!'—हरि'दा को कोई जगह ही पसंद नहीं आती। आखिरकार भाभी ने ही गुस्सा कर कहा—ऐसा करो, तुम छत पर चले जाओ। आठ-दस दिनों के लिए!'

'यह संभव नहीं है, नील! किसी अच्छी जगह जाओ।'

'तुमने तो जगह का चुनाव कर ही दिया है।'

'तुम्हें कैसे पता?'

'मैं तुम्हें पहचानता जो हूँ।'

'सुनो, तुम दोनों कुलू-मनाली जाओगे! मैंने स-ब तय कर रखा है। पठानकोट तक जाने-आने की टिकट, टैक्सी, कुलू का होटल, मनाली में बयरन का बंगलो।'

'कितने दिनों के लिए?'

'देखो, दस दिनों से ज़्यादा वहाँ मन नहीं लगेगा।'

'और कौन-कौन जाएगा?'

स्वाहा राय के चेहरे का अक्षत हिस्सा, किसी नन्ही बच्ची की तरह अपराधी हो आया।

मेहता ने जवाब दिया, 'मेहता लोग जा रहे हैं। उन लोगों के साथ तुम्हारी अच्छी कंपनी रहेगी।'

'वो कैसे?'

'क्यों?'

'वे लोग अंग्रेजी के अलावा और कोई भाषा नहीं बोलते। सोनाली को वहाँ गूँगी ही बनी रहना होगा। मेहता बात-बात पर अपनी बीवी के साथ बोतल खोलकर बैठ जाता है। मैं उस रस से वंचित हूँ! वे दोनों रात-दिन रिकॉर्ड पर 'ज़ैज़' बजाएँगे और नाचते-कूदते रहेंगे।'

'नील, तुम तो समाज-सोसाइटी में जाते नहीं। मेहता और कैथलीन कितनी मशहूर जोड़ी है, तुम्हें अंदाज़ा है?'

'ठीक है!'

नील और सोनाली पठानकोट चले गए। वे दोनों एकांत में सफ़र कर सकें, इसके लिए चार टिकटें खरीदकर, एयर कंडीशन फर्स्ट क्लास डिबा बुक कराया गया था।

समूची राह मेहता लोग शराफत के तकाजे पर, दौड़-दौड़कर उसकी ख़बर लेने आते रहे। नील भी काफी मीठे लहजे में उन्हें बार-बार टालता रहा। उसके बाद, पठानकोट पहुँचकर, नील ने जो किया, उसे याद करके, आज भी ताज्जुब में पड़ जाती है!

टैक्सी में सवार होते ही, नील ने ड्राईवर से जाने क्या कहा। सोनाली के लिए सबकुछ नया और अचीन्हा था। उसे बिल्कुल समझ नहीं आया कि वे दोनों कहाँ जा रहे हैं!

वह सिर्फ बौखलाई सी बाहर देखती रही और बार-बार नील का हाथ पकड़कर खींचती रही।

'हाय माँ, देखो! देखो! सचमुच का पहाड़!'

'हाय माँ, पेड़ों को देखो! बिल्कुल सिनेमा में दिखने वाले पेड़ों की तरह नज़र आ रहे हैं। हैं न, जी?'

'देखा, वह लड़की कैसे अजीब कपड़े पहनकर, बकरी चरा रही है?'

'ऐसा लग रहा है, जैसे फ़िल्म देख रही हूँ–'

वे लोग एक इमारत के सामने जा पहुँचे! जिस होटल में वे लोग पहुँचे थे, वैसी हसीन जगह सोनाली ने फिल्मों में भी नहीं देखने थी। कमरे से जुड़ा बैठने

का कमरा! बाथरूम! पॉलिश किए हुए काठ के फर्श! खिड़की से झाँकते हुए ओक के विशाल-विशाल पेड़! बर्फ से ढँके पहाड़—कहाँ, कोई कमी थी?

बर्फीली ठंडक! भयंकर बर्फीली सर्दी! बैरा कमरे में लकड़ियाँ जला गया। आग के सामने बैठे-बैठे मुर्गी का गोश्त और पराँठे खाना। रात, सोने से पहले तक, सोनाली को कुछ भी समझ में नहीं आया।

सोते समय सोनाली ने कहा, 'ये मेहता लोग कहाँ चले गए?'

'स्नो-व्यू होटल।'

'अरे! हमारे होटल का तो कोई और ही नाम है।'

'होना ही था! स्नो-व्यू तो कुलू में है।'

'अ-हा! यह होटल कहाँ है?'

'क्यों? डलहौजी में!'

'यह कौन-सी जगह है?'

'एइ, जल्दी से और एक कंबल डालो मेरे पाँवों पर! भयंकर सर्दी है! मॉम की ही बात मान लेनी चाहिए थी! कुलू ही चले जाते, तो बेहतर था।'

'यह तुम कैसी बातें कर रहे हो?'

'मॉम भयंकर गुस्सा होंगी।'

'क्यों? तुमने क्या किया?'

'अपनी बीवी चुरा लाया हूँ।'

'तुम क्या कह रहे हो? साफ-साफ कहो न!'

'पहले वादा करो, तुम कुछ नहीं कहोगी!'

'मैं क्या कहूँगी भला?'

'तुम मेरी तरफ मत देखना। चेहरे पर जो लगा रही हो, लगाती रहो। वैसे तुम लगा क्या रही हो? वह जो मैं अपने बालों में लगाता हूँ? ब्रिल क्रीम? लगाओ! लगाओ! समूचे चेहरे पर बाल उग आएँगे।'

'धत्!'

ब्रिल घिसते-घिसते, सोनाली ने चेहरा लाल कर डाला।

उसने रुआँसी आवाज़ में कहा, 'माँ ने ही स-ब कुछ ठीक-ठीक तरह लगाने को कहा है। लेकिन यहाँ तो इतनी चीज़ें हैं कि मेरी पहचान में नहीं आतीं।'

'कुछ मत लगाओ! सरसों तेल के अलावा, तुमने कभी, कुछ नहीं लगाया, इसीलिए तुम्हारी त्वचा इतनी खूबसूरत है।'

'तुम कुछ बता रहे थे?'

'मॉम से क्या अकेले तुम पर ही डाँट पड़ेगी?'

'क्यों? तुमने क्या किया?'

'छोड़ो! मेरी फ़िक्र करे, उनकी बला! उनकी प्यारी-दुलारी गुड़िया! उनकी बहूरानी

गुम हो गई, यह सोचकर कल से वे टेलेक्स की झड़ी लगा देंगी! पुलिस में रपट दर्ज़ कराएँगी।'

'क्यों ऽ ऽ ऽ ऽ?'

'यह कुलू नहीं है। सोनाली! इस जगह का नाम डलहौजी है। मेहता लोगों से छुटकारा पाने के लिए, मुझे ज़रा शरारत सूझी! मॉम सुनेंगी, तो बेतरह भड़क जाएँगी।'

'क्या?'

'हाँ, जनाब, यह डलहौजी है।'

'यानी हम किसी और जगह आए हैं?

'जी, जनाब!'

हँसते-हँसते, सोनाली और नील के पेट में बल पड़ गए। मेहता और कैथलीन को जब यह पता चलेगा, कि सोनाली और नील एकदम से ग़ायब हो गए हैं, तब क्या होगा? उन दोनों को खोजते-खोजते बेचारे उन दोनों का बुरा हाल होगा। स्वाहा राय को वे दोनों आखिर कौन-सी ख़बर भेजेंगे?

डलहौजी! डलहौजी! सपनों का देश डलहौजी! चारों तरफ नीम सन्नाटा! चारों तरफ पहाड़! चारों तरफ जंगली गुलाबों के गुच्छे-गुच्छे फूल! सुबह देर से उठो! बेड-टी की चुस्कियाँ लो! गर्मागर्म पानी से नहाओ और बस, सैर को निकल पड़ो।

पहाड़ी सड़क पर चलते-चलते, अचानक सितारों के जाल की तरह फैले डेज़ी फूलों पर नज़र पड़ जाती! डेज़ी फूलों के गलीचे से ढँके पहाड़! बस, वहीं बैठ जाओ! बैठे रहो!

चेहरे पर कभी क्रीम फेशियल-बेस मत लगाओ! बालों को खुला लहराने दो! ढीलमढाल कार्डीगन पहने, जहाँ मर्ज़ी हो घूमो-फिरो-सैर करो!

नील ने कहा, 'पता है, मॉम को कुछ नहीं बताऊँगा।'

सोनाली की ही ज़िद पर, उन दोनों ने स्वाहा राय को एक टेलीग्राम भेज दिया। उसके बाद, वे दोनों कालाटोप की तरफ निकल गए। कालाटोप, खाजियार, चम्बा। बियास नदी की कल्लोल सुनते-सुनते, शाम को चम्बा के सड़क-किनारे बैठे-बैठे गरम-गरम तली हुई मछली का नाश्ता करो। उसके बाद, टूरिस्ट-लॉज लौटते हुए, एक दुकान में घुसकर, मस्ती सिंह की कव्वाली सुनो। दस दिन...बारह-पंद्रह दिन भी नहीं, पूरे एक महीने बाद, वे दोनों मधु-चंद्रिमा से वापस लौटे। नील ने चम्बा में भेड़ के रोएँ की एक टोपी ख़रीदी थी। जब वह अपने घर पहुँचा, उसने वही टोपी पहन ली!

'मॉ-म!' उसने आवाज़ दी।

स्वाहा राय दौड़ती हुई आ पहुँचीं और ज़ोर-ज़ोर से रो पड़ी।

नील ने अपनी टोपी फौरन विसरा को पहनाते हुए कहा, 'अब, तुम मुझे

जेल भेजोगी या फाँसी चढ़ा दोगी, यह फैसला तुम बाद में कर लेना, मॉम! पहले कुछ खिलाओ! सारे पैसे ख़त्म हो गए थे। थर्ड क्लास स्लीपर में लौटा हूँ। खाने की एक ही थाली मँगाकर, हम दोनों ने मिल-बाँटकर खाया। वह भी, सोनाली, सारा कुछ सपोड़ गई।'

आज सन् 1961 का दिसंबर महीना! साज-सिंगार करते-करते सोनाली को पिछली सारी बातें याद आती रहीं। उनके विवाह के बाद, पूरे ग्यारह महीने गुज़र गए। तीन सौ तीस दिनों में, सोनाली ने शायद साढ़े तीन सौ साड़ियाँ पहन डालीं। सुबह से लेकर रात तक, स्वाहा राय उसे अपनी देख-रेख में चलाती थीं। उन्होंने ही उसका और नील का सूट भी सजा दिया।

इंसान, फूल जैसे हल्के-नरम पाँखों पर सोता है, सोनाली को इसकी जानकारी नहीं थी। ख़ैर, वह तो कितना कुछ नहीं जानती थी! घड़ी के अंदर बैठी चिड़ियों की पुकार पर उसकी नींद टूटती थी। हाथ-मुँह धोते ही, उसे पूरा गिलास भर संतरे का रस पीना पड़ता था। बादाम के पेस्ट, दूध की मलाई, ऑलिव-ऑयल लगाकर, वह नहाती थी!

नहाकर निकलते ही, आया हेयर-ड्रायर से उसके बाल सुखाती और वेणी गूँथ देती। उसके बाद साज-सिंगार का क्रम चल पड़ता था! सुबह-सवेरे सूती साड़ी, दोपहर को जॉर्जेट, रात को सिल्क की साड़ी! मैचिंग ज़ेवर! तीनों प्रहर, तीन तरह के परफ्यूम!

उसका और नील का नाश्ता, इसी कोठी में पहुँचाया जाता था। अंडे-पॉरिज-सॉसेज, उबली चिकेन, फल, मधु, मक्खन, क्रीम, चीज़ और कॉर्नफ्लेक! ख़ैर, उसमें से वे दोनों खाते ही कितना थे! रोज़-रोज़ इतने-इतने खाने का आखिर होता क्या है, सोनाली के पल्ले नहीं पड़ता था। लेकिन स्वाहा, किसी शर्त पर भी, उन दोनों के साथ एक मेज़ पर नाश्ता नहीं करती थी। वैसे सोनाली को नील का भी राग-रंग समझ में नहीं आता था। माँ को अपने साथ खिलाने का आग्रह करते ही, नील एकदम से नाराज़ हो जाता था।

'वे तुम पर रात-दिन दखल जमाए रहती हैं। सुबह के ये थोड़े-से पल तुम मुझे नहीं दे सकतीं?'

सुबह नौ बजे वह निकल पड़ता था। दोपहर का लंच, वह घर पर नहीं करता था। शाम को वापस लौटता था।

उसके कपड़े-लत्तों की सार-सम्हाल खुद कर सके, उसकी तो यह साध भी पूरी नहीं हो पायी।

स्वाहा राय ने कहा, 'यह सब नौकर-चाकरों का काम है।'

नील ने हँसते हुए उनसे कहा भी, 'जो वे चाहती हैं, उन्हें करने दो न! इतने साल गुजर गए, उन्होंने भी कभी मुड़कर नहीं देखा कि बेटा क्या पहनता है, क्या खाता है...'

'फिर वही बात...?'

सोनाली को बेहद तकलीफ होती थी। नील अपनी माँ के हर आचरण के पक्ष में इतनी सफ़ाई क्यों देने लगता है?

'माँ क्या तुम्हें प्यार नहीं करती?'

'मैं कुच्छ नहीं बता सकता।'

नील के ख़्यालों में डूबी-डूबी सोनाली ने रुपहले तारों बिछे, माघ की साँझ जैसी, धूसर रंग की रेशमी साड़ी पहन ली! चाँदी के गहने! स्वाहा ने यही निर्देश दिया था।

सोनाली नीचे उतर आई। ज़रा फासले पर ही वह ठिठक गई।

स्वाहा की प्रतिरूप, जीवन प्रतिम गुड़िया आज मानों दुल्हन के वेश में खड़ी हो। इस कोठी के ढेरों राग-रंग सोनाली को समझ में नहीं आते थे। इन गुड़ियों पर स्वाहा की अंधी आसक्ति, उसे सबसे कम समझ में आती थी।

हर दिन उसे यही लगता था, आज कुछ ज्यादा ही लग रहा था कि ये तमाम गुड्डे गुड़ियाँ मानों जवानी की स्वाहा राय हों। लेकिन इस वजह से सोनाली ठिठककर खड़ी नहीं रही।

स्वाहा राय एक-एक गुड्डे के गाल थपक-थपककर, बार-बार दोहराती रहीं—नील! नील! नील!

मानों किसी मंत्र-बल से उन्हें सोनाली की उपस्थिति का आभास हो गया। वे छिटककर अलग हो गईं। उन्होंने मुट्ठी भर इलायची अपने मुँह में डाल ली। वे लड़खड़ाकर गिरने ही वाली थीं, मगर उन्होंने कुर्सी का हत्था कसकर पकड़ लिया और अपने को सम्हाल लिया।

'माँ ऽ ऽ ऽ!'

सोनाली दौड़कर नीचे उतरी और उन्हें थामने दौड़ी। मगर अगले ही पल वह पीछे हट गई।

'अरे, तुम पीछे क्यों हट गईं?'

सोनाली डर के मारे सिकुड़ आई। वह कई क़दम पीछे हट गई।

'तुम हट क्यों गईं, सोनाली?'

सोनाली जो कहना नहीं चाहती थी, उसकी जुबान से अचानक वही निकल गया।

'आप इन गुड्डों को 'नील' क्यों पुकार रही हैं?'

नहीं, सोनाली डर गई थी। नहीं, यह सब कुछ भी नहीं घटा। कुछ भी नहीं घटा। स्वाहा राय ने गुड्डे-गुड़ियों को दुलार से गाल थपककर 'नील! नील!' नहीं

पुकारा! उन्होंने उसकी तरफ हिंस्र, आक्रोशभरी आँखों से नहीं देखा। वह उसे ऐसी निगाहों से भला क्यों देखेंगी? क्यों?

वे सोनाली को प्यार करती हैं।

वे तो कहती फिरती हैं, 'वह मेरी बेटी है!' सभी लोगों से कहती रहती हैं—'मैंने बहू चाही थी, बेटी मिल गई। नील मेरा बेटा है और सोनाली मेरी बेटी!'—हाँ, वे यही कहती हैं।

सोनाली को तो यही जानकारी है। लेकिन यह औरत क्या वही स्वाहा राय है? दूधिया-सफेद सिल्क की साड़ी चीरकर, उनके उभार झलकते हुए! सोनाली को पहली बार ख़्याल आया, इस उम्र में, किसी महिला का, ऐसा ब्लाउज़ पहनना अशोभन लगता है।

स्वाहा राय का ढीलमढाल जूड़ा, गर्दन पर झूलता हुआ! उनके आधे चेहरे पर शोख मेकअप और आधा निहायत विकृत! उनकी एक आँख अँधे गुस्से से जलती हुई!

स्वाहा राय लपककर उसके करीब चली आईं।

'क्या पूछा तुमने? 'नील' क्यों बुला रही हूँ?'

'नहीं, नहीं मैं...'

'अब मुकर क्यों रही हो? सुनो, सुन जाओ।'

'नहीं, मुझे नहीं सुनना है।'

'नहीं, तुम्हें सुनना ही होगा। मैंने और अनल ने बेटे की चाहत की थी और हम उसका नाम रखेंगे—नीलांजना! उसको पुकार का नाम देंगे—नील!'

'मुझे नहीं सुनना है।'

'हमारी बेटी होगी! वह बिल्कुल मेरी तरह खूबसूरत होगी।'

'मुझे नहीं सुनना है।'

'लेकिन ऐसा नहीं हुआ। नील तो आया। मगर रूप? मेरे जैसा रूप? रूप की चाह मैं कैसे भुला दूँ? सोनाली...?

स्वाहा राय की आवाज़ रुआँसी हो आई।

उन्होंने हाहाकार के लहजे में कहा, 'कल तक मैं ब्यूटी क्वीन थी! सौंदर्य-साम्राज्ञी! आज कुत्सित से भी अधम कुत्सित!'

सोनाली को लगा, वह इस स्वाहा राय को नहीं पहचानती।

'तुम्हारे पास तो रूप नहीं था, सोनाली? तुम भला कैसे जानोगी कि...हाँ, कैसे जानोगी?'

सोनाली ने बमुश्किल अपने को संयत किया।

'आप शांत हो जाइए—' उसने कहा।

'शांत हो जाऊँ? कैसे?'

'वे लोग आते ही होंगे। वे उन्हें लेने गए हैं।'

'क्यों? तुम सुनोगी नहीं, मैं उन गुड्डों को क्यों...?'

'नहीं, मुझे नहीं सुनना—'

'मैं अपनी भरी जवानी में जैसी थी, अगर नीलांजना मेरे जैसा रूप लेकर पैदा हुई होती, तो वह जितनी खूबसूरत होती, ये गुड्डे-गुड्डियाँ उसी को ध्यान में रखकर उसी की याद में बनाए गए हैं।''

सोनाली की आवाज़ में करुण ममता झलक उठी, 'समझ गई।'

'नहीं, तुम नहीं समझीं—' स्वाहा राय दहाड़ उठीं, 'तुम क्या सोचती हो, चालाकी करके, तुम पार पा जाओगी? मेरे कमज़ोर पलों में तुमने मुझे देख लिया है?'

सोनाली रो पड़ी, 'आप यूँ क्यों पेश आ रही हैं? मैंने कुछ कहा?'

स्वाहा राय अचानक हँस पड़ीं। लेकिन वे बेहद अस्वाभाविक और निर्मम नज़र आ रही थीं।

उन्होंने कहा, 'अब तुम ये बातें नील को बताओगी? क्यों?'

सोनाली ने इनकार में सिर हिलाया। उसे नील के लिए बेहद तकलीफ हुई। अब उसकी समझ में आ गया कि नील अपनी माँ को बर्दाश्त क्यों नहीं कर पाता। नील की आँखें इतनी निःसंग, क्लांत और व्यर्थ नज़र आती हैं।

'तुम नील को कुछ नहीं बताओगी।'

'नहीं! नहीं बताऊँगी।'

'तुम यह कभी मत भूलना कि तुम कौन हो। याद रखना, मेरी ही वजह से तुम इस कोठी में क़दम रख पाईं।'

'जी, यह बात मैं कभी नहीं भूलती।'

'इस ख़ानदान की बहू होने के लिए, अपने सुख-शांति की बलि देना होती है, सोनाली! मैंने दी थी, इसीलिए तुम इस कोठी में क़दम रख पाईं। नील तुम्हें...या तुम नील को...तुमने समझ क्या रखा है?'

अब जाकर, सोनाली को साफ़-साफ़ समझ में आ गया। स्वाहा राय को यह आभास भी नहीं हुआ कि अभी, इसी पल उन्होंने अपनी पराजय के बीज बो दिए। वह और नील सुखी हों, उनके सुख से स्वाहा राय को जलन होती है। सोनाली के मन में कहीं, कोई संकल्प धधक उठा। वह नील को बचाएगी। इस राक्षसी के हाथ से वह नील को ज़रूर बचाएगी।

नील का मतलब आशाभंग? नील कोई नहीं है? कुछ नहीं है? स्वाहा जैसी सर्वनाशी, एक और लड़की ने जन्म नहीं लिया, इसलिए दयावश, जूठे काँटे की तरह 'नील' नाम उसकी तरफ उछाल दिया?

सोनाली को अचानक अहसास हुआ कि सिर्फ वही नहीं, नील भी नितांत असहाय और अनाथ है। उसे भी न स्नेह मिला, न प्यार, न ममता। गर्मी की छुट्टियों

में बेचारा नील नौकर-चाकरों की हिफ़ाज़त में रहा। कोठी के कुत्तों को गर्मी बर्दाश्त नहीं होती, इसलिए स्वाहा राय कुत्तों को लेकर मनाली चली जाती थीं। निःसहाय नील! इस माँ के दिए हुए आघातों का बोझ ढोते-ढोते उसके सीने में इतना दर्द जमा हो गया है, उसे प्रेशर की तकलीफ रहने लगी है! नील को उन्होंने अपने कामकाज में परम स्नेहवश नहीं लपेटा है। अपने कामकाज में उसे इसलिए शामिल किया है, क्योंकि वे उसे अपनी ज़िंदगी, अपने ढंग से रचने-गढ़ने नहीं देना चाहती थीं।

इसीलिए उन्हें नील से इतनी-इतनी शिकायत है। अपने व्यंग्य-तानों से उसे बेधती चलती हैं।

नील, एक और अनल राय क्यों नहीं बना?

स्वाहा राय अभी भी उसे बाघिन की तरह भूखी निगाहों से घूरती रहती हैं।

उन्हें निराश करते हुए, सोनाली ने सख्त लहजे में कहा, 'जाइए, अपने कमरे में जाइए! शांत होकर आइए।'

स्वाहा राय स्तंभित हो आईं।

'तुम मुझे हुक्म दे रही हो?'

'अपने कमरे में जाइए।'

'सोनाली!'

'आप ही के भइया-भाभी आ रहे हैं।'

'तुम्हारी इतनी हिम्म्त? इतनी मज़ाल?'

'जाइए, अपने कमरे में! अब वक्त नहीं है।'

'तुझमें इतनी हिम्मत आई कहाँ से? अनाथालय की जूठन!''

'आपको मालूम ही है।'

अचानक स्वाहा राय को मानों सबकुछ समझ में आ गया, 'इसका मतलब यह हुआ कि नील तुझे प्यार करता है?''

'अपनी जुबान से मैं कुछ भी नहीं कहूँगी।'

'हुँह....पि...या...र करता है नील!'

स्वाहा राय ने अचानक ज़ोर का ठहाका लगाया।

'अनल की तस्वीर देखी है, सोनाली? अनल की तस्वीर?'

'देखी है।'

सोनाली की निगाह दीवार की तरफ जा पड़ी। गोरा-चिट्टा! दंभी! उद्धत! उग्र, अनल राय! सोने की गिलट के फ्रेम के अंदर से, अहंकार से नीचे की तरफ देखते हुए! अनल राय! नील के डैडी! नील जब तीन वर्ष का था, वे चल बसे। लेकिन नील को देखते ही, उसी पल उनका दिल टूट गया था।

अनल को प्यार करना आता था।

सोनाली ने उनकी तस्वीर की तरफ घूरकर देखा। इस वक्त उसे सख़्त होना

होगा, क्योंकि नील इस वक्त मुसीबत में है। नील के माँ-बाप यह कोठी, यह वैभव—यह सारा कुछ बे-हद ताकतवर है! सोनाली को सख्त होना ही होगा। क्योंकि वह नील को प्यार करती है।

'आप अभी अपने कमरे में जाएँगी?'

'ना ऽ ऽ ऽ—' स्वाहा दहाड़ उठी।

ऐन उसी वक्त, किसी आदिम सर्द छाया की तरह, विसरा कमरे में प्रकट हुआ।

उसने बादलों की तरह मंद्र-गहरी आवाज़ में स्वाहा को हिदायत दी—'अपने कमरे में जाएँ, बहू जी!'

मानों किसी ने मंत्र पढ़ा हो। स्वाहा राय शांत हो गईं।

उन्होंने आतंकित मुद्रा में जवाब दिया, 'जा रही हूँ।'

स्वाहा राय चली गईं।

विसरा ने सोनाली की तरफ देखा। उसके करीब आया।

'तू मुन्ना के लिए उससे झगड़ रही थी? मुन्ना के लिए?''

सोनाली ने हामी में सिर हिलाया। वह विसरा से बेतरह डरती थी, क्योंकि विसरा स्वाहा राय का परम विश्वासी सलाहकार था। वह नील का दुश्मन है!

विसरा ने कहा, 'तुझसे हम पहले भी कहे थे, आज फिर कह रहा हूँ, तू मुन्ना को लेकर यहाँ से चली जा।' वह उसके और करीब आया, 'इस कोठी में शैतान वास करता है। तुम दोनों निकल जाओ यहाँ से! चले जाओ यहाँ से।'

विसरा चला गया। सोनाली कुछेक पलों के लिए पत्थर की बुत बनी रही। बाहर गाड़ी रुकने की आवाज़। सोनाली ने हड़बड़ाकर अपना आँचल ठीकठाक किया और आगे बढ़ आई।

नील कमरे में दाख़िल हुआ। साथ में उसके मामा-मामी भी!

ढाकाई साड़ी! माँग में सिंदूर!

मामी को प्रणाम करते ही, उन्होंने सोनाली को अपने गले लगा लिया, उसका माथा चूमा और कहा, 'सर्व सुखी हो।'

मामा हँस पड़े, 'यही है सोनाली? बाप रे बाप! इस बार नील जब मद्रास गया था, उसकी जुबानी सोनाली-सोनाली सुनते-सुनते हम सब तो...'

नील के चेहरे पर सकुचाहटभरी मुस्कान झलक उठी।

सोनाली ने उसकी तरफ देखा।

नील ने कहा, 'नहीं, जी, मैं तो सिर्फ तुम्हारी निंदा करता रहा।'

मामी ने कहा, 'उसको निंदा कहते हैं? ओ नील, तब ज़रा तारीफ तो कर! मैं भी ज़रा देखूँ।! सुनूँ तो सही...तारीफ क्या होती है।'

'बहुत अच्छा हुआ। हम सब बेहद खुश हैं!' मामा ने कहा।

सोनाली ने मुस्कराते हुए आग्रह किया, 'आप लोग बैठिए तो सही!'

'रुको! रुको! मैं तो भूल ही गई...' इतना कहते हुए, मामी ने सोनाली के गले में एक लड़ी का हार पहना दिया।

'यह हार, मेरी सास ने मुझे दिया था। यह मैं तुम्हें देती हूँ। हमारे कोई बेटा नहीं है। नील ही हमारा भी बेटा है।' मामी ने उसे आशीष दिया।

सोनाली ने उन्हें दुबारा प्रणाम किया।

स्वाहा राय भी नीचे उतर आईं।

'भइया! भाभी! तुम लोग आ गए?'

'आऊँगा नहीं? नील की दुल्हन को देखने के लिए, जाने कब से...'

'कैसी प्यारी बहू लाई हूँ, देखा?' वे सोनाली के करीब चली आईं और उसका माथा चूमकर, उन्होंने कहा, 'उसके आने से, हमारे समूचे घर में रौशनी की उजास फैल गई है।'

'मीनी, तू ठीकठाक है न?' मामा ने स्वाहा राय का कुशल-समाचार पूछा।

'हाँ, भाई, आज मेरे घर में नील है, नील की दुल्हन है, मुझ जैसा सुखी और कौन है, बताओ? सोनाली को तो तुम देख ही रहे हो। उस जैसी लक्ष्मी-सोना बहू, अगर घर में डोलती फिरे, माँ-माँ पुकारे, तब सुखी हुए बिना क्या रहा जा सकता है?'

स्वाहा राय के शब्द-शब्द में स्नेह-ममता मानों पिघल-पिघल कर सराबोर करती हुई!

स्वाहा ने कहा, 'सोनाली! जाओ, ज़रा चाय देने को कहो–' नील ने घंटी बजाई!

आगे बढ़कर स्वाहा राय अपनी कुर्सी पर आसीन हो गईं।

'यह काठ की धधकती आग कितनी खूबसूरत लगती है न, भाई? बचपन की बातें याद हैं? हमारी माँ काठ की आँच में खाना पकाती थी। उन दिनों काठ की गंध कितनी प्यारी लगती थी! याद है?'

'याद क्यों नहीं है!'

स्वाहा राय कुर्सी से टिककर बैठ गईं।

उन्होंने सपने में डूबी-डूबी आँखों से देखते हुए कहा, 'नील! काठ की वह टोकरी...?'

उन्होंने आग में काठ का थोड़ा-सा चूरा डाल दिया और फिर वही जुमला दुहराया; 'आग मुझे इतनी अच्छी लगती है....इत्तनी-इत्तनी अच्छी, कि...'

अगस्त, 1962

स्वाहा राय को समझ में नहीं आ रहा था कि वे ऐसा क्या करें कि उन्हें अच्छा लगे! अचानक ही, समूची ज़िंदगी उनके लिए विरस-बेस्वाद हो उठी थी।

नील ने ही सारा कुछ बेस्वाद कर डाला था!

नहीं, नील नहीं, सोनाली ने!

नील में भला इतना साहस कहाँ है कि वह उनसे उस लहजे में बात करे? इतने नीच और अधिकारपूर्ण लहजे में?

नील ने उनसे कहा, 'मॉम, तुम अपने ये गुड्डे-गुड्डियाँ, किसी और कमरे में चालान कर दो!'

'क्यों, नील?'

'बड़े उद्‌भट लगते हैं।'

'मतलब?'

'बेहद अस्वाभाविक नज़र आते हैं।'

'ऐसा तुम्हें लगता होगा लेकिन मुझे नहीं लगता। मैं देखने में बिल्कुल ऐसी ही थी...'

'हाँ, तुम ऐसी थीं! लेकिन, अब वह पास्ट टेंस हो चुका है! अतीत!'

'हाँ, मैं जानती हूँ, नील, मैं अतीत में सुंदर थी! मुझे याद दिलाने की ज़रूरत नहीं है। आईने के सामने बैठते ही, मुझे दिखाई दे जाता है।'

'मेरा यह मतलब नहीं था। लेकिन अतीत के उस चेहरे को ममी बनाकर रखने की क्या ज़रूरत है?'

'तुम करना क्या चाहते हो?'

'इन्हें नष्ट कर देना ही बेहतर है!'

'नष्ट कर दूँ?'

'या फिर किसी और कमरे में गैलरी बनाकर रखो। कलकत्ता में सबसे महँगी चीज़ तुम्हारे पास है—ढेर सारे खाली कमरे! तुम इन्हें किसी भी कमरे में रख सकती हो।'

'अचानक यह खिंचाव क्यों? तुम इस कोठी के मालिक हो, शायद यह याद आ गया है?'

'तुम्हारा चेहरा ही नहीं, तुम्हारा मन भी बेहद कुत्सित है, मॉम!'

'नी-ल!'

'यूँ धमकी के अंदाज़ में बात मत करो! जब तुमने यह प्रसंग छेड़ा ही है, तो जान लो, इस कोठी में जो कुछ मौजूद है, विरासत में मुझे जो भी प्राप्य है, वह सब हक़ मैंने मित्र ऐंड मित्र के दफ़्तर में लिखित रूप में सरेंडर कर दिया है! सारा कुछ छोड़ दिया है।'

'क्....क्....क्या किया है तुमने?'

'मैंने अपना अधिकार छोड़ दिया है।'

'क्यों, नील?'

नील ने धीमी आवाज़ में जवाब दिया, 'मुझे जो भला लगा, मैंने वही किया है, मॉम!'

'तुमने एक बार भी मेरे बारे में नहीं सोचा?'

'यह तो म्युचुअल होता है, मॉम! तुमने मेरे बारे में कभी नहीं सोचा, संपत्ति न लेने के संदर्भ में, शायद मैंने भी तुम्हारे बारे में नहीं सोचा। लेकिन, अगर इस बात को छोड़ दिया जाए, तो ज़रा तटस्थ भाव से सोच देखना। मैं बहुत ज़्यादा अविवेकी या स्वार्थी बेटा नहीं हूँ।'

'लेकिन, तुमने यह हरकत आखिर क्यों की?'

'मुझे कुच्छ नहीं चाहिए।'

'अभी तुम सोचते हो कि तुम्हें कुछ नहीं चाहिए। लेकिन बाद में?'

'बाद में....? क्या मतलब?'

'बाल-बच्चे होने के बाद?'

'ना, तब भी नहीं माँगूँगा।'

'नहीं, नहीं, नील! मुझे समझ में नहीं आ रहा है कि तुम यह सब क्यों कह रहे हो? लेकिन, ज़रूरत तो हर चीज़ की पड़ती है।'

सबको जरूरत नहीं पड़ती। मुझे भी नहीं पड़ेगी।'

'ख़ैर, ये सब बातें किताबों के पन्नों में ही भली लगती हैं। जीवन में इन सभी चीज़ों की ज़रूरत पड़ती है। इसके अलावा, यह सब तो अनल के दादा की जायदाद है। उनकी वसीयत में ही लिखा हुआ है कि उनके खानदान के मर्द-वारिस को ही सबकुछ मिलेगा। तुम ही अगर सबकुछ त्याग दोगे, तो...'

'यह तो नाटकीय न्याय है, मॉम! मुमकिन है, डैडी अपने नाना-नानी की नज़र में उनके मनलायक 'पुरुष वंशधर' थे। मैं किसी के मनलायक नहीं हूँ।'

'यह तुम क्या कह रहे हो?'

'ये सब मेरी बातें नहीं हैं। ये बातें तो तुम्हारी ही जुबान से इत्तनी बार सुन चुका हूँ कि मुझे रट गया है।'

'नी-ल!'

'पहले मुझे चोट लगती थी–' नील ने धीरे-धीरे अपना पाइप सुलगाया और लंबा-सा कश लेकर, उसने धुआँ छोड़ा।

उसके बाद मानो वह स्वगत बुदबुदाया, 'कब से इस चोट ने दर्द देना बंद कर दिया, अब तो मुझे यह भी याद नहीं।'

'जब तुम्हें ही यह सब नहीं लेना है, तो मैं लेकर क्या करूँगी?'

'सुनो, मॉम, चंद बातें अप्रिय ज़रूर हैं, मगर उन्हें मान लेना ही बेहतर है।'

'मसलन!'

'घर-मकान-कोठी, जायदाद, तभी भली लगती है, जब परिवार में सबके साथ सबके रिश्ते ठीकठाक हों। मसलन अगर तुम मेरे विवाह से खुश हुई होतीं; मेरे बाल-बच्चे होते, तो तुम परम खुश होतीं। अगर ऐसा होता, तो मैं इस धन-संपत्ति, ज़मीन-जायदाद को अपने सीने से चिपकाए पड़ा होता!'

'क्या मैं खुश नहीं हूँ?'

'तुम खुश हो? सोनाली अनाथाश्रम की बटोरी हुई लड़की है, तुमने यह जान-सुनकर ही शादी कराई। कुछ दिनों ख़ासी खुश भी थीं। उसके बाद, मामा-मामी के आने के बाद से ही, पता नहीं तुम्हें क्या हो गया। अब तुम, उठते-बैठते, हमेशा उसे 'अनाथालय की जूठी पत्तल' कहती रहती हो।'

'नहीं, नील, अब मैं ऐसा नहीं कहूँगी।'

'न-हीं! अगर ऐसा कहकर तुम्हें सुख मिलता है, तो शौक से कहो! लेकिन मज़े की बात क्या है, मॉम, जानती हो? सबकुछ जान-समझकर तुम ही तो उसे लाई हो।'

'लेकिन, वह लड़की तुम्हें बदले दे रही है।'

'ना! अगर मैं बदल गया हूँ, तो खुद ही बदला हूँ। पहले मैं सोचता था, मेरे अलावा, मेरी माँ का कोई नहीं है। उन्हें इतनी बड़ी चोट लगी है। मैं उनके लिए अपना जीवन तक अर्पित कर दूँगा। जो वे चाहेंगी, मैं वही करूँगा। मैंने यही किया भी! मंजीरा को लौटा देना, सोनाली से विवाह करना—यह सब मैंने तुम्हारे लिए ही तो किया। इतना सब करने के बाद भी अगर तुम खुश नहीं हो, तो मुझे लगा, अब और कुछ सोचने से कोई फ़ायदा नहीं है। अब मैं अपने ज्ञान-बुद्धि से जीऊँगा।'

'नील, तुम मेरे बेटे हो।'

'हाँ, मैं तुम्हारा बेटा तो हूँ। लेकिन एक बात ज़रा सोच देखो, बेटे के तौर पर अगर मैंने तुम्हें निराश किया है, तो माँ के तौर पर तुमने भी मुझे कितना-सा दिया है?'

'असल में, मैंने और अनल ने...'

'हाँ, बेटी चाही थी तुम लोगों ने! लेकिन बेटी नहीं हुई! एक बदसूरत-सा, बीभत्स-सा बेटा हुआ! लेकिन बच्चा अगर सूरत-शक्ल से सुंदर न हो, तो उस पर कोई इतना अत्याचार करता है?'

'वह तुम नहीं समझोगे।'

'तुमने जो-जो चाहा, मैंने स-ब किया। तुम और कौन-सी बलि चाहती हो? तुम क्या यह चाहती हो कि हम दोनों मर जाएँ?'

'मैं नहीं! मैं नहीं! यह इस घर की माँग है।'

'क्या माँग है? क्या चाहता है यह घर?'

'दुःख, तकलीफ, वंचना, शून्यता!'

'एब्सर्ड!'

'एब्सर्ड नहीं है!'

'एब्सर्ड! एब्सर्ड! एब्सर्ड! ईंट-काठ का मकान, वह दुःख-तकलीफ चाहता है? ऐसा 'क्षुधित पाषाण' जैसी कहानी में ही होता है, मॉम, ज़िंदगी में नहीं होता। यह तुम क्या कह रही हो?'

'यह घर खून माँगता है।'

'तुम बीमार हो, मॉम!'

'ना ऽ ऽ!'

'तो फिर, डॉक्टर आता है, तो उसे भगा क्यों देती हो? तुम भी जानती हो कि तुम बीमार हो।'

'डॉक्टर विश्वास बेईमान है! वह मुझे मानसिक रोग का शिकार बताता है।'

'मैं भी कहता हूँ! आज तुम्हारी बात सुनकर, मैं फिर कहता हूँ! तुम ये सब ख़्याल छोड़ो।'

'मेरे छोड़ने से क्या होता है? मुझे कोई भी चैन से रहने नहीं देता।'

'कौन नहीं रहने देता?'

'जो लोग मर चुके हैं, वे लोग!'

'वे लोग मर चुके हैं, मॉम!'

'नहीं, वे ज़िंदा हैं।'

'असंभव! ऐसा नहीं हो सकता।'

'उन लोगों की आत्मा आज भी ज़िंदा है।'

'तुम यह सब छोड़ नहीं सकतीं, मॉम?'

'क्या छोड़ दूँ?'

'स-ब!'

'जाऊँ कहाँ?'

'चलो, हम कहीं और जाकर रहें।'

'नहीं, नील, नहीं, इस घर में, अनल...!'

'देखो, डैडी अगर ज़िंदा होते, तो वे भी तुम्हें ख़ुश देखना चाहते।'

'तब तो मैं सच ही सुखी हो जाती।'

'बड़े अफसोस की बात है, मैं तुम्हें कुछ भी देने के काबिल नहीं हूँ, फिर भी कोशिश किए जाता हूँ।'

'सुनो, नील, तुमने उससे ब्याह किया, तो किया। उससे प्यार क्यों कर बैठे? इस घर में प्यार हरगिज नहीं टिकता।'

'तुम ही अपनी सबसे बड़ी दुश्मन हो, मॉम!'

सितंबर, 1962

स्वाहा राय बाघिन की तरह फुत्कारते हुए वापस लौट आईं।

उन्होंने नील को बुला भेजा।

सोनाली भी आई। उसे देखकर उनके तन-बदन में आग लग गई। शाम को नहाकर, उसने बाल खोल रखे थे। बदन पर ताँत की साड़ी! स्वाहा राय को तो यह समझ में नहीं आता था कि हेयर-ड्रायर होने के बावजूद, अपने बाल भीगे कौन रखता है? शाम को ताँत की सूती साड़ी कौन पहनता है? अरे, शाम के वक्त हमेशा रेशमी साड़ी पहनी जाती है, यह बात तो सभी लोग जानते हैं!

'आपने उन्हें बुलाया है, मॉम?'

'नील कहाँ है?'

'कहाँ तो गए हैं।'

'तुम्हें नहीं मालूम कि मैंने उसे क्यों बुलाया है?'

'नहीं, तो!'

'क्लब में लंच लेते हुए, वह जो ख़बर आई मेरे कानों में?'

'कौन-सी ख़बर?'

'सुना, नील नौकरी खोज रहा है।'

'हाँ, खोज तो रहा है।'

'इस बात की जानकारी मुझे क्यों नहीं दी गई?'

'नौकरी मिल जाएगी, तो वे आपको ज़रूर बता देंगे।'

'वह नौकरी करना चाहता है, यह बात वह मुझे नहीं बता सकता था? एक नहीं, दस ऑफिस, उसे बुलाकर काम दे देंगे।'

'असल में, वे आप ही की तरह जिद्दी हैं माँ, वे जो भी करेंगे, अपनी कोशिश-तदबीर से करेंगे।'

'मुझे तो कुच्छ समझ में नहीं आ रहा है।'

'वे कहते हैं कि...'

'क्या कहता है?'

'आप तो अब होम, अनाथालय, स्कूल चलाने के लिए नए-नए लोगों की मदद ले रही हैं। उनकी अब वहाँ जरूरत ही नहीं है।'

'अरे, वाह! अगर मैं अच्छे-अच्छे गुणी लोगों के जरिए अच्छी तरह सब चला सकती हूँ, तो नहीं चलाऊँगी?'

'ज़रूर चलाएँ, माँ!'

'फिर?'

'उनके पास अगर इतना खाली वक्त है, अगर वे काम करना चाहते हैं, तो वे काम की तलाश नहीं करेंगे? आखिर मर्द-बच्चा हैं।'

'सो-ना-ली!'

'क्या, माँ?'

'तुम यह क्या कर रही हो?'

'क्या कर रही हूँ?''

'क्यों? क्यों? नील को क्यों बदल रही हो?'

'कौन? मैं?'

'यह तो मैं अपनी आँखों से देख रही हूँ।'

'नहीं, माँ, आप तो उनकी तरफ नज़र उठाकर भी नहीं देखतीं। अगर देखतीं, तो समझ जातीं, वे किस क़दर बीमार हैं।'

'क्यों? उसको क्या हुआ है?'

'वही, पुराना गैस्ट्रिक!'

'नील को? गैस्ट्रिक?'

'पिछले पाँच सालों से ही तो वे इस रोग के शिकार हैं।'

'हैरत है! मुझे तो उसने नहीं बताया।'

'आपने ही कहाँ जानना चाहा?'

स्वाहा राय ने अपना भयंकर गुस्सा किसी तरह सम्हाल लिया।

उसके बाद, उन्होंने अपनी आवाज़ ही पूरी तरह बदल डाली, 'यह तुमने क्या शुरू कर दिया है? इस घर के सा-रे नियम-क़ानून बदल डालने पर तुल गई हो?'

'मैंने क्या किया?'

'आजकल तुम किचेन में जाने लगी हो। नौकर-चाकरों के सामने, अपने हाथों से खाना पकाती हो। मंगल जैसे रसोइया के होते हुए, तुम्हें पकाने की ज़रूरत क्या है?'

'डॉक्टर विश्वास ने आपके बेटे को सिर्फ मछली का शोरबा, तरकारी, सूजी की रोटी—यही सब खाने को कहा है।'

'तो किचेन में कह दिया करो—'

'वे तो मंगल के हाथों का खाना, खाना ही नहीं चाहते।'

'न्ना! अब मेरे बोलने जैसा कुछ भी नहीं है।'

'बीमारी ठीक हो जाए, तो फिर खाने लगेंगे।'

'मंगल बता रहा था कि तुम लोग अब नाश्ता भी नहीं करते?'

'उसने सही नहीं कहा—'

'मंगल कभी झूठ नहीं बोलता।'

'कहा न, उसने सही नहीं कहा। सुबह-सुबह पॉरिज, अंडा, डबलरोटी, मक्खन और कोई एक फल ही काफी होता है। मंगल जितना सारा नाश्ता भेजता था। वह फिजूल बर्बाद ही होता था। इसीलिए मैंने मना कर दिया।'

'इसलिए तुम लोग अब नाश्ता ही नहीं करते?'

'नाश्ता क्यों नहीं करेंगे? खुद ही बना लेते हैं।'

'छिः सोनाली, छिः, न मैं, न मेरी सास, न ननिया-सास....कोई किसी दिन भी रसोई में नहीं गईं।'

'लेकिन मैं तो अनाथालय की लड़की हूँ, माँ!'

'वह तो ख़ैर, क़दम-क़दम पर समझ में आ रहा है।'

'आप झूठमूठ नाराज हो रही हैं, माँ! बीमार पति के लिए, अगर थोड़ा-बहुत पकाया जाए, तो इसमें कोई गुनाह नहीं होता।'

'सिर्फ इतना ही नहीं! मेरे कानों में यह बात भी आई है कि रुस्तम जी की पार्टी में, तुम दोनों गए ही नहीं?'

'उस दिन, वे भयंकर दर्द से छटपटा रहे थे। पैथेडीन लिया, तब जाकर ज़रा नींद आई।'

'कमाल है! मुझे इसकी भी ख़बर नहीं दी गई।'

'आजकल तो आप बात ही नहीं करतीं, न बुलाती हैं! अगर कोई ज़रूरी काम आ पड़ता है, तो आप इस घर से, उस घर, बस, फोन कर लेती हैं।'

'नील शाम के वक्त बाहर जाया करता था, देख रही हूँ, आजकल उसने वह भी बंद कर दिया है।'

'उनकी तबीयत ठीक नहीं है, माँ!'

'फिर भी भइया-भाभी के घर जाते हो तुम लोग!'

'वे दोनों उन्हें बे-हद प्यार करते हैं, माँ!'

'भइया-भाभी? भइया तो चिरकाल जोरू के गुलाम बने रहे। भाभी चिरकाल मुझे देखकर, ईर्ष्या से जलती-फुँकती रहीं।'

'लेकिन आपके भाई, आपको बे-हद प्यार करते हैं।'

'भइया की बात नहीं हो रही है।'

'आपकी भाभी भी आपको...'

'तुम्हें क्या पता?'

'आपके बारे में, अपने ससुर के बारे में, ढेरों बातें करती रहती हैं।'

'क्या कहती हैं?'

'कितनी ही पुरानी बातें! कितने ही पुराने दिनों की बातें! वह सब सुनना, मुझे भी बहोत अच्छा लगता है।'

'वे लोग मुझे तो कभी बुलाते नहीं।'

'कई बार तो बुलाया।'

'वे दोनों आते भी नहीं।'

'आए भी हैं! लेकिन उस वक्त आप अक्सर घर पर नहीं होतीं।'

'उन लोगों ने घर कैसा बनवाया है?'

'बहोत ख़ूबसूरत!'

'गाड़ी भी ख़रीद ली?'

'गाड़ी तो उनके पास पहले से ही थी।'

'चप्पल चटखाते हुए, रोज़-रोज़ वहाँ क्यों जाती हो?'

'वहाँ जाना मुझे अच्छा लगता है।'

'नील को भी अच्छा लगता है?'

'बाप रे ऽ ऽ! पूछिए मत! मामा-मामी तो उनके जान-प्राण हैं।'

'जाओ! यहाँ से चली जाओ, सोनाली! इस वक्त मुझे बातें करना अच्छा नहीं लग रहा है!'

'जाती हूँ, माँ!'

अक्तूबर, 1962

'नी-ल!'

'हाँ, मॉम!'

'एक बार यहाँ तो आओ! सुनना ज़रा!'

'इस वक्त दफ़्तर जा रहा हूँ। शाम को सुन लूँगा।'

'नहीं, अभी आओ! इसी वक्त!'

नील ख़ामोश हो रहा।

थोड़ा ठहरकर उसने कहा, 'अच्छा!' उसने फोन रख दिया।

'क्या बात है?' सोनाली ने सवाल किया।

'मॉम ने फोन किया था।'

'क्या कहती हैं?'

'बुलाया है—'

'तुम जाओगे नहीं?'

'जाऊँगा! लेकिन...तुम भी चलो।'

'मेरे जाने से...वे...अच्छा, तुम चलो। मैं आती हूँ। खाना वगैरह ढँककर आती हूँ।'

'देर मत करना।'

सोनाली ईषत् हँस पड़ी, 'तुम ऐसे क्यों हो, जी? वे क्या तुम्हें खा जाएँगी?'

'कलह मचाएँगी।'

'नहीं! नहीं!

'कलह-अशांति मुझसे बर्दाश्त नहीं होती! सीने में कहीं दर्द जाग उठता है! क्या हो विसरा, तुम क्या कहने चले आए?'

'तुझे लेने आया हूँ।'

'मॉम ने भेजा है?'

'नहीं, नहीं! वे तो मेरा विश्वास ही नहीं करतीं! वह तो मैंने बरामदे से सुन लिया।'

'इसीलिए चले आए?'

'मुझसे वे डरती हैं। हम सामने रहे, तो वे तुझसे कुछ नहीं कहेंगी।'

सोनाली मानों निश्चिंत हो आई।

'तो फिर मैं न जाऊँ?' सोनाली ने पूछा।

'क्यों? तू भी आ जा! सुन, मुन्ना, अब तो तू नौकरी करने लगा है न? तनख़्वाह भी मिल रही है।'

'तनख़्वाह अभी मिली नहीं है।'

'मिलेगी तो सही!'

'हाँ, मिलेगी!'

'कितने रुपए मिलेंगे?'

'हज़ार रुपए।'

'तो फिर, तू कोई घर किराए पर ले ले और चला जा। तोरा बाप तो मुझसे हमेशा कहता रहता है,—विसरा, तू मुन्ने से चले जाने को कह दे। उससे कह, यह कोठी छोड़कर चला जाए।'

'तुम्हारी बहू जी कहाँ जाएँगी?'

'उसे हम देखूँगा।'

'चलो, विसरा!' नील ने कहा।

साथ चलते-चलते विसरा ने पूछा, 'किस तरह की नौकरी है? गाड़ी-वाड़ी नहीं ख़रीदेगा?'

'घर में आखिर कितनी गाड़ियाँ चाहिए?'

'अरे, वाह! तेरी और बहुरिया की एक गाड़ी भी नहीं होगी?'

'होगी, भई, होगी!'

'देख, तोरी माँ तुझे गुस्सा दिलाएगी! मगर तू होश मत खोना!'

'नहीं! होश नहीं खोऊँगा।'

'पहले तो तू गुस्सा नहीं होता था। अब क्यों भड़क जाता है?'

'मुझसे बर्दाश्त नहीं होता, विसरा!'

नील माँ के कमरे में दाखिल हुआ।

स्वाहा ने नज़रें उठाकर देखा।

'नील, सर्वनाश हो गया। लतिका की माँ बीमार हैं। वह जा रही हं।'

'उनकी माँ तो कलकत्ता में ही रहती है, मॉम।'

'मैंने तो उससे कहा कि अपनी माँ के साथ, तुम घर पर भले रहो, लतिका, बस, आना-जाना करती रहो। लेकिन लतिका इसके लिए राजी नहीं है। उसकी माँ काफी बूढ़ी है। उसका कहना है, उसे दिन-रात अपनी माँ की सेवा करना जरूरी है।'

'तब तो मुश्किल है!'

'मैं सोच रही थी...सोनाली अगर कुछ दिन सम्हाल ले! उसे फुर्सत भी रहती है! गाड़ी से आया-जाया करेगी। कोई झमेला नहीं है!'

'यह तो अच्छी बात है! तुम कह देखो।'

'एक बात और...'

'क्या, मॉम?'

'तुमने जो दफ़्तर ज्वायन किया है, उसके एक डायरेक्टर से, आज शाम, मैं एक पार्टी में मिलनेवाली हूँ। वह तुम्हें इतनी कम तनख़्वाह क्यों दे रहा है?'

'मॉम, मेरे बारे में तुम उससे कोई बात नहीं करोगी।'

'क्यों, नील?'

'अगर तुमने कोई बात की, तो मैं नौकरी छोड़ दूँगा।'

'लेकिन, नील, यह भी कोई तनख़्वाह है?'

'मैं इसी में खुश हूँ।'

स्वाहा राय ने हिंस्र आँखों से उसे घूरकर देखा।

बेहद सर्द और ज़हरबुझी आवाज़ में उन्होंने कहा, 'सोनाली ने तुम्हें बिल्कुल जाहिल निम्न मध्यवित्त बना डाला है। तुम मेरे बेटे हो—'

'यह तुम्हारी बदनसीबी है, मॉम और मेरी भी!'

'सोनाली ने तुम्हें...'

'मैं चलता हूँ!'

नील उठ खड़ा हुआ। अचानक उसने कसकर अपनी छाती दबोच ली! उसने विसरा की तरफ हाथ बढ़ाया और चल पड़ा।

विसरा चीखने ही वाला था कि सोनाली कमरे में दाखिल हुई।

उसी ने विसरा को हिदायत दी, 'डॉक्टर विश्वास को बुला लाओ।'

उसने नील को सहारा देकर सोफे पर ही लिटा दिया। नील की कमर में बँधी बेल्ट, उसने ढीली कर दी और उसकी छाती रगड़ने लगी।

स्वाहा राय जहाँ की तहाँ खड़ी रहीं।

कई घंटे गुज़र गए। शाम आ पहुँची!

डॉक्टर विश्वास ने सोनाली से कहा, 'ठीक है! अब कोई डर नहीं है। सात दिनों तक बेड-रेस्ट!'

'नौकरी चली जाएगी, काका बाबू!'

'चली जाएगी, तो जाने दो।' सोनाली ने डपट दिया।

'नाराज क्यों हो रही हो?'

'सिडेटिव दिया गया है। अब, आराम से सो जाओ।'

सोनाली, डॉक्टर को लेकर बरामदे में निकल आई। उसके बाद, कुर्सी पर ढह गई और बदस्तूर ज़ोर-ज़ोर से रो पड़ी। डॉक्टर ने उसे रूमाल थमा दिया। सोनाली ने सिर हिलाकर, आँचल से अपना चेहरा पोंछा और नाक साफ़ की।

डॉक्टर ने कहा, 'यह कोई ख़ास बात नहीं है! बस, गैस्ट्रिक ज़्यादा है! लेकिन इनको बूँद भर टेंशन के लिए मनाही है। टेंशन उनसे किसी हाल भी बर्दाश्त नहीं होगा।'

'अब, मैं क्या करूँ, डॉक्टर?'

'इन्हें इतना टेंशन किस बात का है?'

'क्या आपको नहीं पता?'

'जानता तो हूँ...'

'माँ ऐसा क्यों करती हैं?'

'वह लंबी कहानी है! इस वक्त नहीं बताई जा सकती।'

'माँ होकर भी, बेटे को...ऐसे बेटे को, इतनी तकलीफ क्यों देती हैं? इससे जो मेरा विवाह हुआ, वह भी उन्हीं की मर्ज़ी से!'

उसने विवाह कर लिया, इसीलिए तो वह जी गया।

'आप तो उनके डॉक्टर हैं। इस क़िस्म की उत्तेजना उनके लिए घातक है, यह बात आप उनसे क्यों नहीं कहते?'

'कहूँ भी, तो किससे कहूँ? स्वाहा क्या कुछ करेगी? बस, नील को बेलव्यू भेज देगी! हो-हल्ला मचाएगी और नील को गुस्सा चढ़ जाएगा।'

'ठीक है! मैं ही कोई इंतज़ाम करती हूँ!

'क्या करोगी?'

सोनाली ने बेहद स्वाभाविक, मगर चट्टान जैसी सख़्त आवाज़ में कहा, 'मैं उसे बचाऊँगी। आखिर वह और मैं, हम दोनों का एक-दूसरे के अलावा, कहीं, कोई नहीं है।

नवंबर, 1962

'स्वाहा! स्वाहा! सुनो!'

अनल राय ने परेशान आवाज़ में पुकारा!

स्वाहा राय ने उनकी पुकार सुनी, मगर उन्होंने जवाब नहीं दिया।

इस वक्त सुबह के दस बजे थे!

सुर्ख लाल रंग का हाउसकोट पहने, स्वाहा राय, फायरप्लेस के सामने बैठी, व्हिस्की के घूँट भर रही थीं। आज वे सुबह से ही शराब की चुस्कियाँ ले रही थीं। चंद 'क्विक शॉट' चढ़ाए बिना, अनल की आवाज़ सुनाई नहीं देती।

'स्वाहा!'

'क्या बात है?'

'सुनो—'

'क्यों सुनूँ?'

'मुन्ना को बुलाओ! सोनाली को बुलाओ।'

'क्यों बुलाऊँ?'

'वे दोनों जा रहे हैं।'

'जाने दो।'

'उन दोनों को रोक लो।'

'क्यों?'

'मुन्ना जा रहा है।'

'नहीं, मैं तुम्हारी एक भी बात नहीं सुनूँगी।'

स्वाहा ने आँखें मूँद लीं। विसरा किसी छाया की तरह, बेहद ख़ामोश मुद्रा में उनके पीछे आ खड़ा हुआ।

स्वाहा बोलती रहीं, 'तुम तो मर चुके हो। फिर मैं तुम्हारी बात क्यों सुनूँ? मुझे अकेली छोड़कर, तुम क्यों मर गए? जब मर ही गए हो, तो तुम बिल्कुल मिट क्यों नहीं जाते?'

'सुनो, स्वाहा, मुन्ना जा रहा है।'

'अनल, तुम कब चुप करोगे?'

'मुन्ना चला जाएगा।'

'मुन्ना! मुन्ना!! मुन्ना!!! सोनाली ही तो यह बर्बादी लाई है। मामा को धर-पकड़कर, नील ने नौकरी ले ली।'

'सुनो, मुन्ना को जाने मत दो।'

'तुम जानते हो, सोनाली और क्या-क्या हरक़तें कर रही हैं।'

'उसने तेरा क्या बिगाड़ा है? बता, बहू!' अचानक विसरा बोल उठा।

'कौन? कौन? ओ विसरा!'

'हाँ! आज तू सुबह-सवेरे से दारू चढ़ा रही है और बड़के मुन्ना से बातें किए जा रही है।'

'विसरा, तू भी? तू भी मेरा दुश्मन बन गया?'

'हम तुझसे नहीं डराते, बहू!'

'सोनाली की करतूतें तूने नहीं देखीं?'

'क्यों? उसने क्या किया?'

'उसने दूसरा घर बना लिया।'

'तूने उसे यहाँ रहने दिया? हमेशा उससे जलती रही।'

'मैं?'

'हाँ, तू। मुन्ना की बहुरिया तोरे पाँवों पर गिरी, मगर तूने ठोकर मारकर, दूर हटा दिया!'

'इसीलिए वह अपनी घर-गृहस्थी समेटकर चली जाएगी?'

'मुन्ना अगर तेरी नज़रों के सामने रहा, तो वह मर जाएगा।'

'सोनाली के पास, वह ठीकठाक रहेगा?'

'हाँ, सलामत रहेगा।'

'उसने क्या सिर्फ नया घर ले लिया? यहाँ का एक भी फर्नीचर नहीं लिया! सारा कुछ किराए पर लिया है।'

'मुन्ना, इस घर का कोई सामान नहीं चाहता।'

'मैंने कितना कहा कि चल, मैं घर सजा देती हूँ। लेकिन मुन्ना ने, मेरे नील ने साफ जवाब दे दिया—मुझे कुछ नहीं चाहिए, मॉम! मुझे सिर्फ सोनाली चाहिए।'

'यह तो अच्छी बात है।'

'मैंने कहा—तुम लोगों का घर कैसा है, चल, देख तो आऊँ। लेकिन नील ने साफ सुना दिया—न तुम वहाँ जाना, न मैं यहाँ आऊँगा। मुझे तुम न भी देखो, तो भी तुम्हें कोई दुःख नहीं होगा। मुझे तो तुमने कभी भी...जब मैं इस घर में था, तब भी, तुमने ख़ास देखभाल नहीं की।'

'उसने सच ही तो कहा—' विसरा बोल उठा।

'यह सब कुछ भी नहीं होता, विसरा। जो हो रहा है, स-ब उसी सोनाली की वजह से हो रहा है।'

'ना, सारे सर्वनाश की जड़ तू है।'

'तू ही कौन-सा कम है? तू क्या नहीं जानता कि यह घर खून माँगता है? सुन, इस शनिवार को दस मुर्गियाँ बलि देना। चारों तरफ अच्छी तरह खून का छिड़काव करना, वर्ना यह घर शांत नहीं होगा।'

'चुप कर! मुन्ना आ रहा है।'

नील कमरे में दाखिल हुआ! पीछे-पीछे सोनाली!

'मॉम, हम जा रहे हैं।'

'वक्त हो गया?'

'हाँ, मॉम!'

'कैसे जा रहे हो?'

'टैक्सी से!'

'तुमने गाड़ी तक को हाथ नहीं लगाया?'

'मॉम, मैं...'

सोनाली ने उन्हें प्रणाम किया।

'ठीक है, ख्याल से जाना।' स्वाहा राय ने मुँह फेर लिया।

सोनाली और नील कमरे से बाहर निकल गए। स्वाहा ने हाथ का जाम जमीन पर दे मारा और कान लगाकर टूटे हुए काँच की किर्चियाँ बिखरने की आवाज़ सुनती रही।

दिसंबर, 1962

शाम होने से पहले ही, मिंटो पार्क में स्थित कोठी की बत्तियाँ जल उठीं। सर्दी की शामें काफी जल्दी आ पहुँचती हैं। पूरी कोठी की बत्तियाँ जल उठीं! निचली मंज़िल से काँच के बर्तनों की टुनटुनाहट की आवाज़ें!

आया दरवाजे पर दस्तक देकर सूचित कर गयी, 'माँजी, डराइवर भइया-भाभी जी को लेने जा रहा है।'

'विसरा को भी साथ जाने को कह दे।'

'वह भी साथ जा रहा है।'

स्वाहा राय ने झटपट ड्रेसिंग-टेबल की बत्तियाँ जलाईं। न्ना, अब उनकी सेहत जवाब देने लगी है। बदन पर कॉर्सेट, अन्तर्वास, हज्जारों तरह के कसाव में उनका दम घुटने लगा है! उन्हें बेतरह तकलीफ होती है—लेकिन, उनके दुःख-कष्ट की भला किसे ख़बर है? अलमारी में मौजूद कतार-दर-कतार जूड़ों की ख़बर भला कौन जानता है? बनावटी दाँत! कॉन्टैक्ट लेंस की जानकारी भला किसे है?

वे इतनी तकलीफ उठाती हैं, इसीलिए तो लोग-बाग़ तारीफ करते हैं, 'देखा? अभी भी क्या फिगर है! दाँत कितने खूबसूरत हैं।'

अच्छा, एक दिन के लिए 'ब्यूटी-क्वीन' बनने पर, बाकी ज़िंदगी इतनी तक़लीफ क्यों उठाना पड़ती है? आजकल, वे किसी काम को हाथ नहीं लगातीं। लेकिन जैसे ही आईने पर नज़र पड़ते ही, वे दहशत से भर जाती हैं। सिर पर अब एक

भी बाल नहीं रहा। कैसी तो भयंकर आग लगी थी, बालों की जड़ें तक यूँ भस्म हो गईं। उसके बाद से ही कृत्रिम बालों का इस्तेमाल शुरू करना पड़ा। अब न उनके बाल हैं, न दाँत हैं! आँखें भी धुँधला गई हैं! आईने में देखो, तो कैसी प्रेतिनी नज़र आती हैं।

इसीलिए तो हर रोज़ सुबह-सवेरे गुलाब'दी उनकी मालिश करती हैं। उसके बाद, पार्लर से जेनिफर आ पहुँचती है। जेनिफर न हो, तो आजकल वे अपने कपड़े तक नहीं पहन पातीं। जेनिफर नहीं आती, तो आजकल उनका वक्त भी नहीं गुज़रता। तमाम ज़रूरी ख़बरें, उन्हें जेनिफर से ही मिल जाती हैं। किसने अपने बाल रँगाए, कौन विलायत से प्लास्टिक सर्जरी करा आई है—यही सब!

आज जेनिफर ने ही खबर दी, 'जानती हैं। आजकल मिसेज़ कपूर क्या कर रही हैं?'

'क्या कर रही है प्रमिला?'

'बंबई से, अपनी सभी ज्वेलरी का नक़ली नमूना बनवा लाई है।'

'बनवाएगी नहीं? आजकल कितनी चोरियाँ हो रही हैं? अब वह नकली ज़ेवर पहना करेगी और असली 'सेफ' में सुरक्षित रहेगा।'

'यही तो मज़ेदार बात है! सेफ तो ठनठन है।'

'क्यों?'

'कारोबार में लाल बत्ती जो जल गई है! असली ज़ेवर बेच रही है।'

'यह तुम क्या कहती हो?'

'हाँ-जी!'

जेनिफर ही उन्हें सारी ख़बरें देती थी। कलकत्ते में कौन तबाह हो गया; किसे नए प्रेमी या प्रेमिका की तलाश है, उसे सा-री ख़बर रहती थी।

स्वाहा राय ने सफ़ेद ढाकाई साड़ी, सफेद ब्लाउज़ पहन लिया और लंबी-सी उसाँस भरी। उनके सभी कामकाज सही-सलामत हैं—समाज, समिति, अनाथालय, होम, प्रीमियर, फूल-प्रदर्शनी शो, कुत्तों का शो—सब कुछ! सिर्फ नील नहीं है; सोनाली भी नहीं है।

बस, इसी बात से स्वाहा राय का सब कुछ बुझ गया है। उफ! बेईमानी! किस क़दर बेईमानी! अनाथालय की लड़की! कीचड़-कांदे का खिलौना! उसे उनकी इच्छा मुताबिक उठना-बैठना चाहिए था; इस घर को....इस ख़ानदान को बेटा-बेटी का उपहार देना चाहिए था। लेकिन, कौन जानता था कि वह लड़की अंदर से फौलाद है? किसे पता था कि एक दिन वह लड़की, नील को इस क़दर अपनी मुट्ठी में कर लेगी कि नील मामा की सिफारिश के सहारे, नौकरी लेकर, कहीं और चला जाएगा? नील अलग फ्लैट ले लेगा? हर सामान किराए पर ले आएगा? पार्ट-टाइम नौकरानी से काम कराएगा? सोनाली खाना पकाएगी?

स्वाहा राय की पुत्रवधू की यह मजाल? उन्हें फूँक में उड़ाकर, बेशर्मों की तरह खुद सुखी होंगे? वे दोनों इस हद तक सुखी होंगे कि नील उन्हें साफ़-साफ़ सुना देगा—'मुझे कुच्छ नहीं चाहिए, मॉम! मैं कुच्छ नहीं लूँगा। तुम जो चाहो, कर सकती हो। मुझे सिर्फ सोनाली चाहिए।'

वे दोनों इतने सुखी होंगे कि वह उनसे बेलाग कह सकता है—'तुम मेरे यहाँ मत आना, मॉम! मैं भी तुम्हारे यहाँ नहीं आऊँगा। मुझे नहीं देखोगी, तो तुम्हें तकलीफ भी नहीं होगी। तुम तो मुझे न देखने की ही अभ्यस्त हो।'

स्वाहा राय ने सुना है कि वे दोनों शाम को बाज़ार-हाट जाते हैं। नील गृहस्थी के कामकाज में अपनी बीवी का हाथ बँटाता है। दोनों साथ-साथ फ़िल्म देखने जाते हैं, लेक की सैर को जाते हैं।

यह कमबख़्त विसरा भी कैसा तो हो गया है!

स्वाहा राय रात-दिन अपने पुरखों से माफी माँगती रहती थीं। वे क्या करें? क्या करें वे? इस घर के प्रति अपने दायित्वों का पालन, आखिर कैसे करें? वे बिल्कुल अकेली हैं। वे सब कुछ कर सकती थीं! सोनाली को तैयार करके, अपने साँचे में ढाल सकती थीं।

अगर वे ऐसा कर पातीं तो नील और सोनाली अ-सुखी रहते और इस कोठी के ईंट-काठ को चैन मिल जाता। नील तो उनका गुलाम था। लेकिन सोनाली? वही काल-नागिन निकली! सारा कुछ उसी ने बर्बाद कर दिया। उस लड़की ने स्वाहा को हरा दिया। काश, वह एक बार उनके हाथ में आ जाती! सिर्फ एक बार!

स्वाहा राय निचली मंज़िल पर उतर आईं। उन गुड्डे-गुड़ियों को सहलाकर उन्होंने लाड़-प्यार किया। इन पुतलों में जान क्यों नहीं आ जाती? ढेरों लड़कियाँ, जवान उम्र की स्वाहा की प्रतिरूप बनकर, सोनाली को नोच-खसोट क्यों नहीं डालतीं?

स्वाहा राय अपनी कुर्सी पर आ बैठीं। आज उन्होंने मेकअप के जरिए, अपना चेहरा बेहद क्लांत और करुण, दुःखी और कातर बना लिया। अपनी आँखों में लाचारी भर ली। आज वे रो पड़ेंगी। आरजू-मिन्नत करके, नील को लौटा लाएँगी।

कमरे के फायरप्लेस में आग धधकती रही।

आजकल स्वाहा राय को अनल की पुकार, अक्सर सुनाई देती है।

अनल मानो परेशान आवाज़ में उन्हें पुकारते रहते हैं, 'सुनो, सुनो, मेरी बात सुनो!'

अनल यूँ उन्हें आवाज़ें क्यों देते रहते हैं? वे इतने परेशान क्यों हैं? उन्हें क्या सुनना पड़ेगा? अच्छा, गया जाकर, अगर पिंडदान किया जाए, तो क्या काम नहीं बनेगा?

अभी उसी दिन, उन्होंने विसरा को सारा किस्सा सुनाया।

सारी बातें सुनकर, विसरा फट् से बोल उठा, 'तुझे आवाज़ें नहीं देगा? उसके

बेटा-बहू घर से चले गए हैं, उसका मन क्या नहीं दुखाता?'

हुँह मृतकों का जैसे मन होता है!

विसरा ने कहा, 'उन दोनों को वापस लौटा ला! उनको प्यार दे! मुन्ना को बाल-बच्चा होने दे।'

उसकी बात सुनकर स्वाहा राय सिर से पाँव तक जल-भुन गईं।

लेकिन आज वे नील और सोनाली को वापस लौटा लाने के बारे में बात पक्की करके ही लौटेंगी।

बाहर के दरवाज़े की घंटी बज उठी।

वे दोनों शायद आ गए।

स्वाहा राय तनकर बैठ गईं।

विसरा कमरे में दाखिल हुआ। चेहरा बिल्कुल भावलेशहीन! उसने दरवाजा अंदर से बंद कर लिया।

'वे लोग नहीं आए?'

'नहीं! नहीं आए।'

'न-हीं आए?'

'ना ऽ ऽ ऽ'

'क्या कहा?'

'कहा कुछ भी नहीं!'

'कुछ भी नहीं कहा?'

'ना–!'

'फिर....फिर तूने इतनी देर क्यों लगाई?'

'मुन्ना के यार-दोस्त आए थे! उनके लिए खाना लाने चला गया।'

'यह तुझे अपनी बेइज़्ज़ती नहीं लगी?'

विसरा की निगाह उनके चेहरे पर गड़ी रही।

थोड़ा ठहरकर उसने कहा, 'सुन, तू उन दोनों को ले आ! खुद जाकर वापस लौटा ला। उनको अपना प्यार दे।'

'मैं जाऊँ?'

'जाएगी नहीं?'

'ना, विसरा, ना?'

'तो, जा मर! मर जा!'

'मैं?'

'हाँ, तू मर जा। वे दोनों सुखी होंगे।'

'विसरा!'

'देख, मुझे आँखें मत दिखा, बहू जी! हम तोरे बारे में सबकुछ जानता हूँ।

बड़का मुन्ना आज भी मेरे सपनों में आता है। बार-बार कहता है—बहूजी को नरम होने को कह, विसरा!'

'तू जा! चला जा यहाँ से।'

'तूने मुन्ना को कभी दूध नहीं पिलाया, कभी गोद में नहीं लिया। तूने तो इतने-इतने पाप किए हैं, बहू जी!'

'तू जा यहाँ से!'

विसरा चला गया।

स्वाहा राय चीख उठीं, 'काठ का डिब्बा कहाँ है? कहाँ है, काठ का डिब्बा? मोती! पुष्प! चमन! मुहम्मद! तुम लोग कहाँ मर गए?'

वे लगातार घंटी बजाती रहीं। सतरह दास-दासियाँ दौड़कर आ पहुँचे।

घंटी दबाते-दबाते, स्वाहा राय चीखती रहीं, 'काठ का डिब्बा दे जा! आग बुझती जा रही है। तुम लोग क्या यह नहीं जानते कि आग मुझे बे-हद प्रिय है?'

दिसंबर, 1962—वही शाम।

विसरा ने स्वाहा को यही बताया कि नील के यार-दोस्त आए थे, इसलिए वे लोग नहीं आए। लेकिन असल में, नील और सोनाली के भले के लिए उसने झूठ बोला था। वे दोनों जानबूझकर नहीं आए। इन दिनों नील की तबीयत ठीक नहीं चल रही थी।

नील के पारिवारिक चिकित्सक, डॉ. विश्वास आए थे।

'तुम लेटे रहो! मैं अभी आता हूँ।'

सोनाली ने प्यार से नील के बदन पर कंबल खींच दिया। उसके बाद, वह कमरे से बाहर निकल आई। उन लोगों के पास कुल दो ही तो कमरे थे। सोने का कमरा काफी छोटा था। वह तो क़िस्मत अच्छी है कि ड्रॉइंगरूम ख़ासा बड़ा था! उसी कमरे में खाना-पीना, उठना-बैठना! लेकिन, हाँ, सुंदर-सा एक बरामदा भी था। कैनवास के पर्दे से ढाँक-तोपकर, सोनाली ने उसे एक कमरे का रूप दे दिया था। वह नील के बैठने-उठने का अलग-सा कमरा था।

नील दफ़्तर के कागज-पत्तर कभी-कभी घर ले आता था। क़ामकाज के लिए अलग जगह न हो, तो भला चलता है?

सोनाली कमरे में आई।

डॉक्टर बाबू ने उसका स्वागत किया, 'आओ, बिटिया!'

'इनकी तबीयत कैसी है?'

'ठीकठाक ही तो है।'

'आप सच कह रहे हैं?'

'तुम इतनी डरी हुई क्यों हो? ठंड लग गई है! अरे, आदमी क्या बुखार-इन्फ्लुएंजा का शिकार नहीं होता?'

'इनके सीने में दर्द क्यों रहता है?'

'सर्दी बैठ गई है! खूब-खूब खाँसता रहा है?'

'सच्ची?'

'और नहीं तो क्या?'

'आप तो जानते ही हैं...'

'उसके दिल की हालत?'

'जी-हाँ!'

'नहीं, नहीं, उसका दिल वगैरह बिल्कुल ठीक है।'

'कितना ठीक है?'

'बिल्कुल ठीक है! अच्छा-खासा है! खाँसते रहने की वजह से, सीने में दर्द है।'

'तो परसों ये दफ़्तर चले जाएँ?'

'अगर बुखार वगैरह न हो, तो एकाध चक्कर लगा आए।'

'आज इन्हें सूप दे दूँ?'

'ज़रूर दो! क्यों नहीं दोगी?'

'हाँ, यही चलने दो।'

'बा-प रे ऽ ऽ! चलो, फिक्र कटी! निश्चिंती हुई!'

'तुम इतना डर क्यों जाती हो?'

'डरूँगी नहीं? अकेली रहती हूँ! इनकी तबीयत गिरी-गिरी हो, तो डर नहीं लगेगा? अचानक, अगर ज़्यादा बिगड़ जाए?'

'असल में बात क्या है, जानती हो, बिटिया?'

'क्या? बताइए?'

'मिसेज़ राय के साथ न रहना....'

'लीजिए, आप फिर वही बात लेकर बैठ गए...'

'नहीं, नहीं, तुम लोगों को मैं वहाँ जाने को नहीं कह रहा हूँ।'

'आप मेरे सामने, उनका नाम अपनी जुबान पर न लाएँ। प्लीज़!'

सोनाली की आवाज़ मानों दर्द से, बीच में ही टूट गई। उसने गर्दन घुमाकर देखा। डॉक्टर ने भी उसकी तरफ विस्मित निगाहों से देखा। सिंदूरी-लाल साड़ी! पीले रंग का कार्डीगन! बाल सँवारकर, ऊँचा-सा जूड़ा बँधा हुआ! चेहरे-आँखों में आत्मविश्वास! स्वाहा राय क्या इसी लड़की को अपने घर में लाई थीं? वही है, डरपोक, सलज्ज,

नरम-नाज़ुक सोनाली?

डॉक्टर बाबू ने करुण-ममता भरे लहजे में कहा, 'सोनाली, सुनो...'

'कहिए?'

'मैं तुम लोगों का शुभचिंतक हूँ, यह भरोसा है न?'

'सच तो यह है, डॉक्टर साब, मुझे इंसानों की पहचान नहीं है।'

'अरे...!'

'उनकी माँ को मैंने भली औरत समझा था। अगर मुझे इंसान की पहचान होती, तो मैं ऐसा अंदाज़ा कभी नहीं लगाती।'

'नहीं, नहीं, इस तरह, बिल्कुल ख़ारिज मत करो।'

'क्यों न करूँ?' सोनाली की आवाज़ नरम ही बनी रही, लेकिन अंतर्मन सख़्त हो आया।

'देखिए, आपकी ईमानदारी, सच्चाई उनके साथ हो सकती है, मेरी नहीं है। मतलब, आप जैसी ईमानदारी मुझमें नहीं है। मुझमें ईमानदारी मौजूद है, अलबत् मौजूद है। काफी ईमानदारी है मुझमें। यह सच है कि अगर वे मुझे यहाँ न लातीं, तो ये मुझे नहीं मिलते।'

'हाँ, हाँ! बेशक़! बेशक!'

'और इस वजह से, ईश्वर जानता है, आप लोगों ने देखा है, मैंने उनका दिल जीतने, उनकी प्रिय बनने की कितनी-कितनी कोशिश की...'

'जानता हूँ!'

'अगर मुझे यह भी नज़र आता कि वे उनके लिए शुभ हैं, तो मैं वहाँ से आती ही क्यों? लेकिन वे, उन्हें ख़त्म किए दे रही थीं।'

'जानता हूँ!'

'नहीं, आप सारी बात नहीं जानते। जब उन्हें यह अहसास हुआ कि वे मुझे प्यार करते हैं, तब...'

'तब क्या, सोनाली?'

'उन्होंने, नील को यह समझाने की कोशिश की कि मैं भ्रष्ट लड़की हूँ।'

'नहीं—'

सोनाली ने उनकी तरफ अनुकंपाभरी नज़रों से देखकर कहा, 'विश्वास करने में तकलीफ हो रही है न?'

'स्वाहा राय इतनी नीच हैं?'

'नहीं, नीच नहीं हैं—'

सोनाली! वही अनाथालय की सोनाली! जो मिंटो पार्क में स्थित कोठी का बाथरूम देखकर हक्की-बक्की रह गई थी। बाथ-टब में नहाया कैसे जाता है, बाथ-सॉल्ट क्या होता है—इस बारे में उसे कोई अंदाज़ा नहीं था। वही सोनाली, इस वक्त परिस्थिति

की नियंत्रक थी! शासक थी!

आत्मविश्वास से भरपूर, उसने सख़्त निरुतप्त लहजे में कहा, 'वे नीच नहीं हैं, लेकिन अशुभ ज़रूर हैं और इसके लिए आप ही जिम्मेदार हैं।'

'मैं?'

'हाँ! आप जानते हैं कि वे मानसिक विकारग्रस्त मरीज हैं। कहते हैं, आप उस परिवार के मित्र हैं। नील के प्रति उनका वह रवैया; गुड्डे-गुड्डियों को लेकर नाटक करना। यह सब देखकर भी, आपकी समझ में नहीं आया कि वे एक मानसिक विकारग्रस्त केस हैं?'

'सुनो...'

'जब मैंने देखा कि वे इस क़दर बीमार हैं; इस हद तक खतरनाक हो उठी हैं, तभी मैं नील को लेकर चली आई।'

'सुनो, सोनाली, उन्हें साइकियाट्रिस्ट के पास ले जाने की बात, मैंने भी कही थी, लेकिन वे बेतरह भड़क गईं। तुम नहीं जानतीं....'

'क्या नहीं जानती?'

'यही कि मैंने उन्हें मनोचिकित्सक के पास ले चलने को कहा और तुम लोगों के यहाँ आता-जाता हूँ, इस वजह से, उस घर का दरवाज़ा मेरे लिए बंद हो चुका है।'

'अरे! यह कैसी बात?'

'हाँ, पूरे साल भर हो गए, मैं उस कोठी की तरफ नहीं गया।'

'यह मुझे नहीं मालूम था।'

'अब जब मालूम हो गया, तो मेरा विश्वास करो।'

'विश्वास तो खैर करती हूँ।'

'सोनाली, नील के दादा के पैसों की बदौलत ही मैं डॉक्टर बना। अनल मेरा दोस्त था। भगवान जानता है कि अपने दोस्त की यादों के प्रति ईमानदारी निभाते हुए, मैंने क्या नहीं किया। यह नील...'

'हाँ, हाँ, बताएँ! बताएँ डॉक्टर साहब।'

'नील जैसा लड़का शायद ही कहीं मिले! बाहर की दुनिया उसे कभी ग़लत नहीं समझती...दुनिया को उसके बारे में कभी, कोई ग़लतफहमी भी नहीं हुई। लेकिन, उसके अपने घर में, उसकी अपनी माँ ने...'

'जानती हूँ, सब जानती हूँ।'

'सुनो, सोनाली, उस लड़के का दिल तोड़ने, उसका पौरुष छीन लेने की, उन्होंने ज़िंदगी भर कम कोशिश नहीं की। उस औरत ने उस बच्चे को कभी, कुछ नहीं दिया, प्यार-दुलार का एक बूँद भी नहीं दिया। लेकिन, हाँ...'

'क्या?'

'नील भी आखिर अनल का बेटा है! बाघ का बच्चा, बाघ ही होता है, सोनाली! नील असंभव मर्द न होता, तो जाने कब का टूट जाता, बिल्कुल बेनिशान हो जाता।'

'मैं समझती हूँ! लेकिन...'

'हाँ, कहो।'

'अब सबकुछ उनकी बर्दाश्त-बाहर हो गया था। वह मौत के क़रीब पहुँचता जा रहा था, टूटता जा रहा था, इसीलिए मैं उसे लेकर चली आई।'

डॉक्टर बाबू दुःखी हो आए।

थोड़ा ठहरकर उन्होंने शिथिल आवाज़ में कहा, 'सोनाली, उसकी ज़िंदगी में सबसे खूबसूरत बात यही हुई कि उसे तुम मिल गईं।'

'मैं कोशिश तो कर रही हूँ...'

'आज मैं तुम्हें आगाह करके जा रहा हूँ, स्वाहा राय अगर दुश्मनी का इरादा करे, तब हद भयंकर हो सकती है। तुम सतर्क रहना।'

'आप ऐसा क्यों कह रहे हैं?'

देखो, शी हैज नेवर लॉस्ट ए बैटल! वह कोई लड़ाई नहीं हारी। तुम यह मत सोच लेना कि वह चुपचाप हार मान लेगी।'

'इसे हार-जीत के तौर पर देखने में क्या तुक है?'

'तुम भले न देखो, क्या फर्क़ पड़ता है? लेकिन वह औरत इसी नज़र से देखेगी। वह कोई नॉर्मल सेंटिमेंट नहीं समझती, सोनाली! उसके लिए सबकुछ या तो हार है या जीत! सब कुछ जंग है उसके लिए। तुम जानती हो?'

'क्या?'

'मेरा ख्याल है, वह बखूबी जानती है कि वह बीमार है और दूसरों के लिए भयंकर खतरनाक है। ऐंड शी लव्स टु बी डेंजरस फॉर अदर्स। उसे खतरनाक बनना अच्छा लगता है। मैं उस औरत से किस क़दर आतंकित रहता हूँ और...'

'और क्या?'

'वे जो गुड्डे-गुड्डियाँ हैं, कहीं से प्रतीकात्मक हैं।'

'किस बात के प्रतीक?'

'स्वाहा राय के व्याधिग्रस्त अहम् के! काश, उन खिलौनों को कोई तोड़-फोड़ डालता? कोई तो ऐसा होता।'

'तो क्या होता?'

'उसे क़ैद से मुक्ति मिल जाती; अपने बीमार अहम् से उन्हें छुटकारा मिल जाता।'

'मुक्ति मिल जाती? वे लिबरेटेड हो जातीं?'

'हाँ, स्वाहा राय जेल की सलाखों में क़ैद शाहज़ादी हैं। समझीं?'

'शाहज़ादी?'

डॉक्टर विश्वास की प्राचीन, प्रवीण, तजुर्बा व्यथित आँखों में किसी अद्भुत अतीत की रोशनी जलती-बुझती रही।

'हाँ, सोनाली, शी वाज़ सो ब्यूटीफुल! वह सचमुच अद्भुत ख़ूबसूरत थीं।'

'जानती हूँ।'

'नहीं, तुम नहीं जानतीं। अपनी जवानी में स्वाहा राय जैसी रूपवती थी, वैसा रूप दूसरा नहीं प्रकट हुआ! कभी होगा भी नहीं! ख़ैर न होना ही बेहतर है! आफ्टर ऑल...'

'.....'

'ट्रॉय की हेलेन, पुराणों की वीनस—इन लोगों को कौन भला वापस चाहता है, बोलो? आज की पृथ्वी, ऐसी ख़ूबसूरती का बोझ बर्दाश्त करने में, बेहद-बेहद कमजोर है।'

'शायद...'

'अच्छा, मैं चलता हूँ। हमेशा हँसती-मुस्कराती रहो। मेरे मन में तुम्हारे लिए बेहद सम्मान और प्रशंसा है। हमेशा खुश रहो और अब एक बच्चे की सौगात दो। नील सचमुच खुश होगा। अरे, हाँ, तुम्हें मैं एक लेख पढ़ने के लिए दूँगा। तुम ज़रूर पढ़ना—द ट्रैजेडी ऑफ द मदर ऐंड द सन, ऐज़ आई सी इट।'

'वह लेख आपने लिखा है?'

'किसी ज़माने में, मैं लिखता था, भई! सुना है, अच्छा ही लिखता था। जब मैं उस कोठी से खदेड़ दिया गया, तो तुम्हें देने के इरादे से, मैंने लिखना शुरू कर दिया। तुम भी पढ़ लो। तब तुम उन्हें समझ पाओगी; नील को भी समझ पाओगी।'

'हाँ, ज़रूर पढ़ने को दीजिएगा।'

'गुड्नाइट!'

डॉक्टर साहब बाहर निकल गए। सोनाली ने दरवाज़ा बंद कर लिया और अपने बेडरूम में चली आई।

'एइ, सो रहे हो?'

'मैं और डॉक्टर'साब बातें कर रहे थे—'

'खासी मैराथन बातचीत चल रही थी।'

'हाँ ऽ ऽ कह सकते हो।'

'सारी बात सुन ली?'

'सुनना क्या था? तुम क्या बातें कर रहे हो?'

'वही बातें....डॉक्टर काका का प्रिय टॉपिक! स्वाहा राय ऐंड सन!'

'अरे, नहीं, नहीं! मैं क्या उन्हें नहीं पहचानता? दुनिया में सिर्फ एक ही काम करने के लिए, वे पैदा हुए हैं और जब भी उन्हें मौका मिलता है, वे अपना 'मिशन' पूरा करने की कोशिश करते हैं। उनका मिशन क्या है, बोलो तो?'

'मुझे क्या पता?'

'कह सकती हो, सोने का कटोरा गढ़ना।'

'क्यों?'

'अरे, वाह, उनका मिशन क्या है, तुम नहीं जानतीं? वे मॉम को निरोग करेंगे; मॉम के साथ मेरा-तुम्हारा रिश्ता खूबसूरत बनाएँगे; हमें सुखी देखेंगे।'

'यह क्या असंभव है?'

'नहीं, नहीं, जो असली मामला है, मेरा और तुम्हारा सुखी होना! वह तो उनकी कोशिश-तदबीर बिना ही, हमने पूरा कर डाला है।'

'जो बाकी रह गया है?'

'कहा न, वह सोने का कटोरा है!'

'एइ, एइ, यह क्या हो रहा है?'

'क्यों? तुम्हें प्यार न करूँ?'

'इसलिए, तुम इतना...'

'अच्छा? प्यार में हिसाब किया जाता है भला?'

'अच्छा? हिसाब-किताब नहीं चलता?'

'भई, प्यार तो मैं तुम्हें ही करूँगा। तुम्हारी तरह, तुम्हारे जितना, अपना सबकुछ और किसने दिया है मुझे?'

'सब मैंने कहाँ दिया है, जी?'

'तुमने मुझे स-ब दिया है! सबकुछ! वैसे तुम एक चीज़ अभी ही दे सकती हो।'

'क्या?'

'खाना दे सकती हो।'

'हाय, माँ! मैं तो भूल ही गई थी।'

'अपना खाना भी लेती आना।'

'लाती हूँ।'

'हम संग-संग खाएँगे।'

'रोज़ ही तो संग-संग खाते हैं हम!'

'हाँ, तो आज क्या खिला रही हो?'

'वही...जो तुम खाना चाहते थे! डॉक्टर बाबू ने भी कहा...'

'पूड़ियाँ बनाई हैं?'

'हाँ, अभी बनाकर लाती हूँ।'

'सूप और पूड़ियाँ! चलो, मैं भी चलता हूँ....'

'इतनी गर्मी में तुम वहाँ बैठकर क्या करोगे?'

'तुम्हें पूड़ियाँ उतारते हुए देखता रहूँगा!

'चलो, तुम माननेवाले तो हो नहीं। लेकिन, रुको, मैं ज़रा तुम्हारे गले में मफलर लपेट दूँ।'

सोनाली मफलर लपेटने को आगे बढ़ी! नील ने उसे अपनी बाँहों में लपेट लिया।

सोनाली की छाती से अपना सिर टिकाकर उसने आवाज़ दी, 'सोनाली!'

सोनाली की उँगलियाँ, नील के बालों में थिरकने लगीं। गहरी! बेहद गहरी राहत! गहरी तृप्ति! अद्‌भुत आनंद का अंबार!

काफी-काफी देर बाद, नील ने स्वप्निल लहजे में पूछा, 'सोनाली सुखी होने के लिए किस चीज़ की ज़रूरत होती है, बताओ?'

'तुम बताओ–'

'दोनों, हर वक्त, हर पल, एक-दूसरे की नज़र में होते हैं, बस्स!'

'और जब तुम दफ़्तर में होते हो?'

'तब भी मुझे तुम ही नज़र आती रहती हो। तुम मेरी नज़रों से कभी ओट नहीं होतीं।'

सोनाली को डॉ. विश्वास का लेख यथा समय मिल गया।

'...सोनाली, स्वाहा राय को मैं प्यार नहीं करता। नील मेरा बेटा नहीं है। लेकिन, मेरी ट्रैजेडी यह है, उन लोगों की ज़िंदगी ने मुझे निगल लिया है। मैं उस बंधन से निकल नहीं पाता। यही इस बात का सबूत है कि मैं...असल में कितना जटिल इंसान हूँ! स्वाहा राय को मैं प्यार नहीं करता। स्वाहा राय ने जब आग को अपने चेहरे का आधा हिस्सा अर्पित नहीं किया था, तब सुंदरता के पुजारी असंख्य दीवानों की तरह, मैं भी उनके रूप का गुलाम बन गया था। विश्वास करो, उनसे घनिष्ठ होने की, मेरे मन में कहीं, कोई वासना नहीं थी।

उनका रूप इतना प्रचंड, इतना सुच्चा, इतने ऊँचे स्तर का था कि उस रूप को, तमाम रूपों का एब्स्ट्रैक्ट कहना ही शायद सही होगा। इतने धधकते रूप को प्यार नहीं किया जा सकता। इतना रूप भयावह होता है; बेहद अस्वाभाविक होता है। इसलिए मैं उनसे आतंकित था।

उस जगमग रूप से हम-बिस्तर होने की कल्पना नहीं की जा सकती। हेलेन या वीनस या अफ्रोदिति या उर्वशी–इनके बारे में व्यक्तिगत कामना-वासना संभव नहीं थी। ख़ासकर मुझ जैसे मामूली इंसान के लिए लेकिन, मेरे मित्र, अनल के लिए यह सरासर संभव था। वह रूप देखकर वह पगला गया। उसे ब्याहकर, अपने घर ले आया। उसके बाद, वह जितने सालों ज़िंदा रहा, ईर्ष्या की आग में जलते-झुलसते हुए जीया। उसके बाद? किसी अशुभ लक्षण की तरह, अनल उसी आग की वजह

से, उसी आग में जल मरा।

स्वाहा राय, मेरी नज़रों में कोई बंदिनी औरत है।

मैंने अपनी आँखों से तो नहीं देखा, मगर सुना है कि हिमालय के चिर तुषार के साम्राज्य में कहीं, कोई एक ताल है! हर पचास वर्ष तक उस पर बर्फ की पर्तें जमती रहती हैं। उसके बाद वह बर्फ चार बार पिघलने में पूरे दो सौ साल लग जाते हैं। पाँचवीं बार ढाई सौ साल में एक बार उस ताल में एक फूल खिलता है। सूर्योदय से सूर्यास्त! बस, उसकी आयु कुल एक दिन की होती है। हालाँकि उस फूल जैसा अतुलनीय रूप-सौरभ-समृद्ध फूल, दुनिया में और कहीं नहीं खिलता। सूरज के अलावा, उस फूल को कभी, किसी ने भी नहीं देखा, क्योंकि उस ताल तक पहुँचना, दुर्गम है।

स्वाहा राय भी उसी फूल की तरह है! अनल उसे प्यार करे, बस, इसीलिए, कुछ दिनों के लिए वह मानवी बन गई थी। अनल की मौत के बाद, वह दुबारा ऐब्स्ट्रैक्ट हो गई। लेकिन धरती पर उसका जो एकमात्र पाथेय था—उसका रूप, वह रूप, उसका सबकुछ मानवीय वेश में, उसके साथ-साथ चलता रहा।

उसका वह ज़ख्म गाल पर नहीं, मन में रिसता रहता है। उसका मन कैंसर का शिकार हो गया है, सोनाली, वह जीती-जागती कैंसर है!

माँ के रूप में वह पूरी तरह असफल रही है। नील को जन्म ही नहीं लेना चाहिए था। चूँकि नील ने उसके जठर पर कब्जा जमाया, इसलिए उसका प्रतिरूप, नीलांजना, लैभ की 'ड्रीमचाइल्ड'....स्वप्न-शिशु ही बनी रही।

स्वाहा राय का पहला आक्रोश यही है कि नील पैदा ही क्यों हुआ। अगर पैदा हो ही गया, तो वह अनल राय जैसा क्यों नहीं हुआ? अगर वह अनल राय ही नहीं बन पाया, तो वह व्यक्तित्व और स्वातंत्र्य-संपन्न, संपूर्ण इंसान क्यों बन गया?

गुजरते वक्त के साथ-साथ, एक ऐसा दिन भी आया, जब उसे नील की ज़रूरत महसूस हुई। शायद अचानक ही उसे अहसास हुआ कि स्वाहा राय होने के बावजूद चिरंजीव नहीं हुआ जा सकता। तब उसने तय किया कि सुख नहीं, अ-सुख की, तृप्ति नहीं, अतृप्ति की, आनंद नहीं, दुःख की एक विरासत, वह नील को सौंप जाएगी।

वह अपने लिए पुत्रवधू खुद लाएगी। बहू लाकर उसे अपने कब्जे में रखेगी। जब उसे बाल-बच्चा होगा, तो भी वह किसी को नील का नितांत सगा नहीं होने देगी। यह बात उसे किसी ने भी नहीं बताई कि इस क़िस्म का ख्याल भयंकर रोग की निशानी है।

उसे कल्पना में भी यह ख़्याल नहीं आया कि तुम उसकी सारी योजना चकनाचूर कर दोगी। तुम्हें ही क्यों, किसी भी लड़की को वह अपना प्रतिद्वंद्वी नहीं समझती थी। किसी भी लड़की में उस जैसा व्यक्तित्व, बुद्धि और क्रूरता हरगिज नहीं हो

सकती, यह हक़ीक़त वह जानती थी। उसे बखूबी भरोसा था कि उसके पास ये सभी हथियार मौजूद हैं।

यह बात उसकी कल्पना में भी नहीं थी कि किसी दूसरी लड़की के पास इन्हें काट फेंकनेवाले हथियार मौजूद हो सकते हैं। उसने तो बुद्धि, व्यक्तित्व, प्रखरता, निर्ममता को ही सर्वस्व मान लिया था।

तुमने अपने स्नेह, ममता, प्यार, धैर्य, सेवा, सहनशीलता के जरिए, उसे मात दे दी। नील सुखी हो गया। मैं चाहता हूँ, तुम दोनों की कहानी का यहीं समापन हो जाए। नील को मैंने हमेशा अ-सुखी, स्नेह-ममता-वंचित, चिर-दुःखी ही देखा है और मन ही मन दुःखी होता रहा हूँ। अब, वह सुखी हो! तुम सुखी हो!

लेकिन मुझे डर है कि स्वाहा राय, यह कहानी, इतने खूबसूरत मोड़ पर ख़त्म नहीं होने देगी।

इसलिए मैं कहता हूँ, सोनाली, हमेशा सावधान रहना। तुम नहीं जानतीं कि वह किस हद तक क्रूर हो सकती है! कितनी निर्मम हो सकती है!

अब नील की बात!

नील नहीं जानता, प्यार-स्नेह-ममता किसे कहते हैं। पौधे को अगर पानी और छाया न मिले, तो महज धूप के सहारे, वह नहीं बचता। इसके बावजूद, नील ऐसे स्वाभाविक ढंग से ज़िंदा है, वह सिर्फ अपनी असीम ज़िद के दम पर!

उसका जिस लड़की से विवाह होगा, उसके बारे में सोच-सोचकर, मैं हमेशा दुःखी होता रहा हूँ। मुझे डर था कि जो-जो चीजें, उसे अपनी सगी माँ से नहीं मिलीं, किसी और का दिया, वह ग्रहण नहीं कर पाएगा।

स्वाहा को मैं, जिस मनोचिकित्सक मित्र को दिखाना चाहता था, उससे भी मैंने पूछा था। उसने भी यही जवाब दिया था कि ऐसी स्थिति में स्वाभाविक तो यही है कि नील भी उसी लड़की से विवाह करना चाहेगा, जो किसी न किसी तरीके से उसे अपनी माँ की याद दिलाए, यानी जो उसकी माँ का प्रतिरूप हो। इस बारे में उसके मन में प्रबल प्रतिरोध होगा। जो-जो उसकी माँ ने उसे नहीं दिया, उस लड़की से वह उसी-उसी चीज़ की माँग करेगा और जैसे ही उसे, उस लड़की से स्नेह-ममता सहनशीलता मिल जाएगी, वह 'रिऐक्ट' करेगा। उसके मन में भीषण प्रतिक्रिया जाग उठेगी।

उन्होंने कहा था, 'आई पिटी द गर्ल, हू विल मैरी हिम!' उन्हें उस लड़की पर तरस आया, जो उससे विवाह करेगी।

लेकिन, तुमने यह अंकगणित भी बदल दिया। नील ने तुम्हें पूरी-पूरी तरह क़बूल कर लिया, इससे यह साबित हो गया है कि वह अपने पिता से बहुत-बहुत ज्यादा 'ही-मैन' है! स्वाहा के साथ रहने-सहने के बावजूद, अनल जो अपनी निजता और सत्ता क़ायम रख पाया, इसकी एकमात्र वजह यही थी कि स्वाहा उसकी दुश्मन

नहीं थी। नील को मैं ज़्यादा सफल मानता हूँ, उसे ज़्यादा श्रेय देता हूँ, क्योंकि नील, स्वाहा के चरम प्रतिरोध की आग में जलकर, भस्म नहीं हुआ। उसने अपनी स्वतंत्रता क़ायम रखी। और स्वाभाविक सुंदर इंसान बन गया। उसकी जंग, व्यक्तिगत रक्षा की जंग कहीं ज़्यादा कठिन थी।

बातों और घटनाओं का क्या? ढेर-ढेर बातें याद आती रहती हैं।

...नील को टाइफायड हो गया, लेकिन स्वाहा ने अपना यूरोप-सफ़र स्थगित नहीं किया। मुझे और मेरी पत्नी को, अपने नौ वर्षीय बेटे का जिम्मा सौंपकर, सैर पर निकल गई।

...मुझे याद है, बेटा हर साल ही, कोई न कोई पुरस्कार लाता था। लेकिन उसके पुरस्कार-समारोह में जाने की, उसकी माँ को कभी फुर्सत नहीं मिलती थी।

पूरे साल भर वह अपने बेटे की सुध नहीं लेती थी, लेकिन उसका जन्मदिन धूमधाम से मनाती थी, विराट पार्टी देती थी। उस पार्टी में काफी खर्च भी करती थी। वैसे ढेरों ख़र्च न करके भी, कुछ किया जा सकता है, यह समझ आज भी उसमें नहीं आई। नील की लड़ाई ज़्यादा मुश्किल थी।

इसीलिए कहता हूँ, नील की ज़िंदगी में तुम जैसी खुशखबरी कभी नहीं घटी! तुम पहली ही बाज़ी में जीत गईं। तुम्हारी हमेशा विजय हो, मेरी कामना है!

अंत में, तुम्हें यह भी बता दूँ कि नील अब पहले से, काफी बेहतर है। हाँ, उसका दिल अभी कमजोर है। बचपन में वह काफी उपेक्षित रहा, इसलिए, उसका दिल कमजोर हो गया है!! खुश रहो! कुशल-मंगल रहो।'

दिसंबर, 1963

सुबह-सवेरे ही विसरा, नील-सोनाली के यहाँ आ धमका।

'तूने नहा-धो लिया?' उसने सोनाली से पूछा।

'क्यों? इतनी सुबह-सुबह मैं क्यों नहाने लगी?'

'ठीक है! ज़रा चाय पिला।'

'ज़रा रुको—'

'क्या कर रही है?'

'उनका खाना तैयार कर रही हूँ।'

'वह कहाँ गया है?'

'डॉक्टर के यहाँ!'

'क्यों?'

'ज़रूरी काम था।'
'क्या पका रही है?'
'पराँठा-तरकारी!'
'मुन्ना पराँठा खाता है?'
'आराम से!'
'पहले वह नहीं खाता था।'
'अब खाते हैं! तुम भी खाओगे?'
'नहीं! तू बस, चाय पिला!'
'लो, यह रही, तुम्हारी चाय!'
'सुनो, यह फूल रख लो।'
'क्यों? यह फूल....कैसा?'
'सुबह-सुबह, तुम दोनों के लिए पूजा चढ़ाया है।'
'पूजा? पूजा कहाँ किया?'
'कालीघाट में!'
'कमाल है! सुबह-सुबह पूजा करने गए और लौट आए?'
'तेरे और मुन्ना के लिए...'
'विसरा!'
'हाँ, बता।'
'तुम्हारे अपने घर में कोई नहीं है?'
'सब हैं।'
'तुम अपने घर नहीं जाते?'
'ना—'
'क्यों?'
'तुम लोगों को एकाध बाल़-बच्चा हो जाए, तब जाऊँगा।'
'वाह! यह भी कोई बात हुई?'
'मुन्ना को गोद में खिलाया है, उसके बेटे को भी गोद में लूँगा।'
'तुम उन्हें बहुत प्यार करते हो न?'
विसरा कुछेक पल सोचता रहा।

थोड़ा ठहरकर उसने जवाब दिया, 'तोरा ससुर बड़ा भलामानस था, री! उनको हम रोज सपने में देखता हूँ।'

'अच्छा?'
'हाँ सपने में दादा भइया कहते हैं—विसरा, तू चला आ।'
'वे तुम्हें बहोत प्यार करते थे?'
'खू-ब! पता है, तोरे ससुर कइसे मानस थे?'

'तुम बताओ न!'

'एकदम राजा जइसा चेहरा था, री! कोका लेकर शिकार पर जाते थे। सब जगह ले जाते थे।'

'और क्या?'

'सपना में हमका बुलाते हैं।'

'सपना क्या सच होता है, विसरा?'

'कहते हैं—समुच्चा घर खाँव-खाँव करता है, विसरा, मुन्ना को वापस ले आ।'

'रहने दो, विसरा, यह बात रहने दो।'

'नहीं, नहीं, हम तुमको चलने को कहाँ कहत हैं?'

'मैं नहीं जाऊँगी।'

'तू क्यों जाएगी? तुम दोनों मज़े में रहो! राजी-खुशी रहो।'

'तुम यहाँ आते हो, वे जानती हैं?'

'ना—'

'अगर जान जाएँ?'

'जान जाएँगी, तो क्या हो जाएगा?'

'वे तुमको डाँटेंगी नहीं?'

'किसे? हमको?'

'तुम्हें और किसे?'

'मुझसे कितना डराती हैं, मालूम?'

'तुमसे डरती हैं, यह तो मैंने देखा है लेकिन क्यों?'

'हमसे डराएगी नहीं?'

'क्यों? डराएँ क्यों?'

'फिर किसी दिन बताऊँगा।'

'अरे, तुम उठकर खड़े क्यों हो गए?'

'वा-ह आज तुम दोनों जो आ रहे हो।'

'तो क्या हुआ?'

'बाप रे! आज कित्तनी तरह का पकवान बनेगा।'

'इससे तुम्हें क्या?'

'अभी ब्रायलर चिकेन ख़रीदना है।'

'तुम तो खाना भी पका लेते हो न, विसरा?'

'हाँ, खूब पका लेता हूँ।'

'क्या-क्या पकाना जानते हो?'

'स-ब!

'मुझे भी सिखा दो।'

'सिखा दूँगा।'

'जा रहे हो?'

'हाँ, अब जाना ही पड़ेगा।'

जाने के लिए खड़े होते-होते विसरा ने कहा, 'तुझे देखकर, तोरा ससुर बहुत खुस्स होते।'

'तुम कैसे जानते हो?'

'जानता हूँ।'

विसरा ने थोड़ा ठहरकर कहा, 'यही बहुत अच्छा हुआ, री!'

'क्या?'

'यही...कि तुम दोनों अब घर में कब्भी नहीं जाओगे।'

'अच्छा हुआ?'

'हाँ, री! वह घर अच्छा नहीं है। इन लोगन के धन-दौलत का खेल तो मैंने बहोत देख लिया। लेकिन, किसी बंदे को सुखी होते नहीं देखा।'

'यह बात तुम पहले भी कह चुके हो।'

'उस घर की साँस-साँस में ज़हर भरा है।'

विसरा चला गया।

सोनाली ने हँसकर सिर हिलाया।

आजकल सोनाली को सबकुछ बेहद भला-भला लगता है। हर बात पर उसका हँसने-खिलखिलाने का मन करता है। किसी-किसी दिन उसका ऐसा ही हल्का-फुल्का मूड रहता है। आज स्वाहा के यहाँ जाते हुए, उसे कोई आशंका, कोई अंदेशा नहीं है। स्वाहा राय अब उनका कुछ नहीं बिगाड़ सकतीं। सोनाली और नील अब उनकी मुट्ठी से फिसल चुके हैं।

आज सुबह ही सोनाली ने महसूस किया कि स्वाहा राय के बारे में अब उसे कोई ख़ौफ़ नहीं है। उसने मन ही मन अपने को टटोलकर देखा, स्वाहा राय अब उसे खून की प्यासी, हिंस्र डायन नहीं लगतीं। बल्कि उसे तो उन पर तरस आने लगा है। अब, उसे स्वाहा राय बेहद निःसंग, बदनसीब और बूढ़ी नज़र आने लगी हैं।

सबसे अच्छी बात यह थी कि नील अपनी मॉम से मिलने जा रहा है, यह जान-समझकर भी वह अंदर से सिकुड़कर, तन नहीं गया।

बल्कि नील ने अपनी तरफ से दरयाफ़्त किया, 'उनके लिए, तुम कुछ बुन रही थीं न? पूरा हो गया?'

सोनाली उठ बैठी।

लेकिन नील ने कसकर उसका आँचल थाम लिया, 'नहीं, आज मैं तुम्हारी कोई बात नहीं सुनूँगा। बस, तुम चुपचाप लेटी रहो तो!'

'चाय नहीं पीओगे?'

'चाय मैं बना लाता हूँ।'

नील ने हीटर ऑन किया, चाय तैयार की और ट्रे में चाय की प्याली सजाकर, सोनाली के सामने हाज़िर कर दिया! आज सुबह ही उसने चाय बनाई थी।

अभी भी सुबह ही थी। लेकिन अब दस बज चुके थे। उस वक्त सुबह के सात बजे थे। नील चाय बना लाया। दोनों धीरे-धीरे चाय की चुस्कियाँ लेते रहे। सुबह-सवेरे ही कामकाज की ढेर सारी बातें भी हो चुकी थीं।

आज नील मकान की बातचीत पक्की करने जा रहा था। उन लोगों को अचानक ही किसी अच्छे-से मकान की ख़बर मिली है। वह मकान, इस घर से बड़ा और बेहतर है। एक कमरा भी ज़्यादा है! वह मकान, वे लोग किसी ख़ास परिचित से ख़रीदनेवाले थे।

चाय पीते-पीते, सोनाली सोचती रही कि पिछले छः महीनों में कितना कुछ घट गया। उन लोगों ने किस्तों में एक फ्रिज भी लिया था, अब वे रुपए भी चुका दिए गए। नील एक सेकंडहैंड गाड़ी भी देख आया था। अब वह गाड़ी भी खरीदनेवाला था।

चाय पीकर नील बाहर निकल गया। विसरा आ पहुँचा। उन लोगों का खाना समेटकर उसने मेज़ पर लाकर सजा दिया। उसके बाद, वह कुर्सी पर टिककर बैठ गई।

कुर्सी के पीछे, मेज़ पर उसके हाथ के कढ़े हुए कवर! पर्दों पर भी उसके हाथों तैयार की गई बाटिक की छपाई! नील की कुर्सी पर सोनाली के ही हाथों बनाया हुआ, चमड़े का कुशन!

यह उसका और नील का घर है! उसका और नील का...! नील का और उसका...भौंहें सिकोड़कर, सोनाली अपनी सोच में डूब गई। इतने असंभव सुखी और खुश होने का अधिकार, उसे है भी या नहीं?

अचानक वह चौंक उठी।

नील दरवाज़े पर खड़ा था।

'एइ, तुम कब आए?'

'बस, अभी!'

'अंदर कैसे आए?'

'चाबी से खोलकर!'

'हाय माँ! मुझे तो सुनाई ही नहीं दिया।'

'तुम्हारा मन कहाँ रहता है?'

'जहाँ होना चाहिए।'

'मैं क्या-क्या काम निपटा आया, मालूम?'

'बताओ! अच्छा, ज़रा रुको।'

'क्यों? अब फिर क्या हो गया?'

'पहले हाथ धोकर, खाने आओ। खाते-खाते बताओ।'

'मास्टरी मत करो।'

'एइ, हाथ धोए बिना ही खाना खाने लगे?'

'अच्छा किया! हाथ न धो जाएँ, तो उँगलियों में जो ज़रा-ज़रा गंदगी लगी होती है न, उसकी वजह से खाने का स्वाद और का और हो जाता है!'

'इश्श! कितने गंदे हो तुम!'

'सुनो, वह घर न...बेहद खूबसूरत है।'

'बातचीत तय कर आए?'

'हाँ, जनवरी में नहीं, फरवरी से लूँगा—'

'क्यों? देर क्यों कर रहे हो?'

'थोड़ी-बहुत मरम्मत कराना होगी।'

'बाथरूम? बाथरूम कैसा है?'

'उसकी मरम्मत तो है ही! बरामदे में भी ग्रिल लगवा दूँगा।'

'थोड़ी-सी सब्जी लो न!'

'लेता हूँ! मैं और कहाँ गया, तुमने नहीं पूछा?'

'कहीं और भी गए थे?'

'क्या हुआ? आँखें क्यों नहीं उठा रही हो?'

'होना क्या है?'

'पहले, मेरी ओर देखो—'

सोनाली ने नील की तरफ देखा!

'येस—' नील ने कहा।

सोनाली लाज से लाल हो उठी।

'सुजय ने तुम्हें साथ लेकर आने को कहा है। ऐसी हालत में कौन-कौन सी टॉनिक लेना, ज़रूरी है।'

सोनाली ख़ामोश रही।

दोनों ही गंभीर हो आए!

दोनों के चेहरे से हँसी ग़ायब हो गई।

दोनों, एक-दूसरे की आँखों में देखते रहे।

सोनाली ने धीमे से कहा, 'तुम खुश हो?'

नील ने सिर हिलाया!

सोनाली ने आगे कोई बात नहीं की।

नील ने कहा, 'आज मैं इतना खुश हूँ सोनाली कि मैं मॉम को भी माफ़ कर सकता हूँ।'

दिसंबर, 1963

शाम होने से पहले ही मिंटो पार्क में स्थित कोठी में बत्तियाँ जल उठीं। और सर्दी की साँझ बहुत जल्दी ही उतरती है! समूची कोठी रौशन हो उठी। नीचे काँच के बर्तनों की टुनटुनाहट की आवाज़ें गूँजती रहीं।

विसरा ने दरवाजे पर दस्तक दी।

'बहू जी, मुन्ना बाबू लोग आ गए।'

'आ रही हूँ।'

स्वाहा राय आईने के सामने आ खड़ी हुईं। उन्होंने अपने को आलोचनाभरी नज़रों से परखा। उसी पल, वे समझ गईं अनल उनसे क्या चाहता है।

आजकल वे हर वक्त अनल की आवाज़ सुनती रहती हैं, हर पल अनल से बातें करती रहती हैं। विसरा नहीं समझता, कोई नहीं समझता अनल उससे हर वक्त बातें करता रहता है। इसीलिए जब वे कुछ कहती हैं, वे लोग समझते हैं कि वे पागल हो गई हैं। डॉक्टर भी यही समझता है!

मारे घृणा और उपेक्षा के, स्वाहा राय के होंठ कस गए। वे क्या सच ही पागल हैं? ना, भला वे पागल क्यों होने लगीं? अनल उनका पति है। उससे बातें करना, क्या पागलपन है? क्यों? इसलिए कि अनल मर चुका है? लोग इतने मूरख हैं? सोचने को तो स्वाहा राय ने सोचा था कि मौत हो जाने के बाद, सब कुछ ख़त्म हो जाता है। लेकिन, अनल अगर मरकर भी न मरे, अगर वह उनके दिल की गहराइयों में अबाध्य, उद्विग्न, कातर आवाज़ बनकर ज़िंदा रहे, तो स्वाहा राय क्या करें?

'अनल, क्या कहते हो तुम?'

'स्वाहा! स्वाहा! स्वाहा!'

'हाँ, यह रही मैं! मैं हूँ न!'

'तुम नीचे मत जाओ।'

'क्यों?'

'नील के पास, बहू के पास हरगिज मत जाना।'

'लेकिन, वे दोनों आ गए हैं।'

'तुम मत जाओ।'

'वे दोनों आ चुके हैं, तुम्हें सुनाई नहीं दिया?'

'तुम नीचे उतरो ही मत! वे लोग चले जाएँगे।'

'नहीं, जब आए हैं, तो नहीं जाएँगे। कम से कम सोनाली तो नहीं जाएगी।'

'स्वाहा!'

'डाँट क्यों रहे हो?'

'मैं जो कह रहा है, वह सुनो।'

'कहाँ हो तुम?'

'यहीं तो हूँ।'

हाँ, अनल उस वक्त उनके सामने था! बत्तीस वर्षीय अनल! बदन पर ऊनी पोशाक! हवा के झकोरों को वह उँगलियों से परे हटाता हुआ! बेहद तकलीफ से साँस लेता हुआ! बार-बार आँखें सिकोड़ता हुआ! आँखें खोलता-मूँदता हुआ! बार-बार भौंहें सिकोड़ता हुआ!

'क्या हुआ? तुम ऐसे क्यों कर रहे हो?'

'हवा-वाताश में गैस भरी है। स्वाहा! हवा में गैस ही गैस है!'

'गैस तो हवा में ही रहती है।'

'तकलीफ हो रही है!'

'अरे, भई, हवा में गैस नहीं होगी?'

'तुमने अपनी मिनी-किचेन में गैस-सिलेंडर हल्का-सा खुला छोड़ दिया है! सारी खिड़की दरवाजे बंद कर दिए हैं। हवा में अच्छी तरह खुशबू का छिड़काव किया है। इसीलिए गैस की गंध फौरन महसूस नहीं होती।'

'करेक्ट!'

'अब, तुम सोनाली को उस किचेन में जाने को कहोगी, कॉफी बनाकर लाने को कहोगी।'

'करेक्ट!'

'अब, सोनाली जैसे ही माचिस जलाएगी, समूची हवा भभककर जल उठेगी।'

'येस! ठीक कहा तुमने।'

'लेकिन, स्वाहा, सुनो, यह काम तुम मत करो।'

'तो और क्या करूँ?'

'सुनो, उन दोनों को निकाल बाहर करो। उसके बाद, तुम अपनी मिनी-किचेन में खुद जाओ! अंदर से दरवाज़ा बंद कर लो! तुम ही तीली जलाओ।'

'उसके बाद?'

'तुम तो जानती हो, उसके बाद क्या होगा! सबकुछ धधक उठेगा। जब सारा कुछ जलने लगेगा, लपटें उठने लगेंगी; जब लोग दमकल तलब करेंगे, दरवाज़ा तोड़ेंगे, डॉक्टर बुलाएँगे, एम्बुलेंस मँगाएँगे, तब तक तुम मेरे पास चली आओगी।'

'अच्छा? तुम यही चाहते हो?'

'हाँ, स्वाहा, जो तुम करने जा रही हो, मत करो! तुम मत जाओ, स्वाहा।'

'जाऊँगी।'

'स्वाहा, ज़रा नील के बारे में सोचो।'

'और किसकी बात सोच रही हूँ, भला बताओ? यह महज एक दुर्घटना होगी। उसके बाद, सोनाली मर जाएगी। उसके बाद, नील बिल्कुल अकेला हो जाएगा। उसके बाद, नील मेरे पास आएगा। उसके बाद, मैं उसका दुबारा विवाह करूँगी और उसके बाद, नील मेरी मुट्ठी में चला आएगा।'

'ना, स्वाहा, ना!'

'नहीं, मैं तुम्हारी बात नहीं मानूँगी।'

'स्वाहा! स्वाहा! स्वाहा!'

'चले जाओ तुम!'

स्वाहा राय काँपते-सिहरते उठ खड़ी हुईं।

उँगली तानकर, वे दहाड़ उठीं, 'निकल जाओ! तुम तो प्रेत हो! जाने कभी के मर चुके हो तुम! जहाँ से आए हो, वहीं चले जाओ। लाज नहीं आती तुम्हें? तुम जाने कब ही मरकर भूत हो गए! सारा दाय-दायित्व मुझे सौंप गए। अब तुम मुझसे यह कहने आए हो कि सोनाली को मैं किचेन में न जाने दूँ? वहाँ जाने को उससे न कहूँ?'

स्वाहा राय इतनी ज़ोर से चीखी थीं कि उनकी चीख सुनकर विसरा दौड़ता हुआ आ पहुँचा! आया दौड़ी आई।

विसरा ने पूछा, 'किससे बातें कर रही हैं बहू?'

'तेरे दादा बाबू से।'

'यहाँ, कहाँ कोई है? तू तो अकेली है।'

'वही तो है! देख, देख, जा रहा है! चला जा रहा है।'

आया और विसरा ने एक-दूसरे को आँखों-आँखों में देखा।

स्वाहा राय ने उँगली के इशारे से आया को कमरे से निकाल बाहर किया।

इसके बाद, स्वाहा शांत हो गईं!

'चला जा, विसरा तू भी जा!'

'काहे?'

'क्योंकि मैं हुक्म दे रही हूँ।'

'ठीक है, मैं नहीं रहूँगा।'

'आज मुझे कोई नहीं चाहिए। सिर्फ नील और सोनाली और मैं! सिर्फ हम तीनों बात करेंगे।'

'ठीक है, वही होगा! नीचे तो चल!'

'चलो!'

'मुन्ना को डाँटना मत, बहू!'

'नहीं डाँटूँगी! तुझसे यह बात हो चुकी है।'

'बहुरिया को भी मत डाँटना।'

'ना! नहीं डाँटूँगी।'

स्वाहा राय लंबे-लंबे डग भरती हुई नीचे उतर आईं!

नीचे के कमरे में सोनाली और नील!

स्वाहा राय ने पहले नील को गले से लगाया। उसके बाद, सोनाली से गले मिलीं।

'क्यों? गुस्सा उतरा?'

'कमाल है! गुस्सा किसने किया है?'

'बाप रे ऽ ऽ, पूरे दो साल बाद, तुम घर आए हो, नील!'

'अब, ये सब बातें छोड़ो, मॉम!'

'अरे, नहीं, नहीं! मैं कुछ कहाँ कह रही हूँ? सोनाली कितनी प्यारी हो आई है।'

सोनाली और नील ने एक-दूसरे की आँखों में देखा।

'मॉम, यह चक्कर क्या है, बताओ तो?' नील ने पूछा।

'कौन-सा चक्कर, नील?'

'यह सब कुछ दे-दिलाकर, तुम कहाँ जा रही हो?'

'तुमने तो कुछ लिया नहीं।'

'नहीं, मॉम, मुझे नहीं चाहिए।'

'तुमने अपने डैडी की तस्वीर तक नहीं रखी—?'

'मेरा घर बहुत छोटा है, मॉम!'

'इस कोठी में तुम्हारे डैडी के नाम पर बच्चों की एक क्लिनिक खोली जा रही है। यह बहुत अच्छी बात है न? है या नहीं?'

'बहोत अच्छी बात है।'

सोनाली अचानक पूछ बैठी, 'माँ आपके पुतले?'

'सब फेंक-फाँक दिया।'

'फेंक दिया?'

'अब मैं किराए के फ्लैट में जा रही हूँ, सोनाली, इतना सारा फिजूल का कचरा रखने की वहाँ जगह कहाँ है, बताओ?'

'वह फ्लैट अच्छा तो है?'

'बहोत अच्छा है।'

'आप वहाँ बिल्कुल अकेली...'

'नहीं, नहीं, आया रहेगी; विसरा और ड्राइवर भी होगा; गाड़ी भी रख रही हूँ...'

'चलो, यह ठीक है'

'इसके अलावा, तुम दोनों तो हो ही...'

नील और सोनाली ने एक बार फिर एक-दूसरे की आँखों में देखा। जाने कौन तो कह रहा था, वे दोनों एक-दूसरे में....सोनाली लजाई-लजाई-सी नज़र आ रही है। नील कैसा बुद्धू की तरह खुश-खुश लग रहा है।

नील ने कहा, 'मैंने तो तुमसे कितनी-कितनी बार कहा, सबकुछ दे-दिला डालो, मॉम! मैं कोई बड़ा मकान ले लेता हूँ। तुम मेरे पास रहना।'

'तुम लोग भी तो यहाँ नहीं आते, नील!'

'नहीं, मॉम, असल में यह कोठी ही शुभ नहीं है। यहाँ कभी, कोई सुखी नहीं हो सका।'

'नहीं, नील, यह बात सही नहीं है।'

'जानता हूँ, मॉम, तुम और डैडी....''

'हाँ!'

'लेकिन डैडी भी तो नहीं रहे।'

'हाँ, यह सच है नील!' स्वाहा राय ने सिर हिलाया।

सोनाली और नील, दोनों ही विस्मित! अभिभूत! यह कौन-सी स्वाहा राय हैं? इतनी स्वाभाविक? आंतरिक? अंतरंग?

सोनाली को उन पर ममता उमड़ने लगी। उसने उनके हाथ पर अपना हाथ रख दिया।

'आप बेहद दुबली हो गई हैं, माँ!'

'इधर काफी मेहनत पड़ी न!'

'हाँ, यह कोठी समेटना....मेहनत तो होनी ही थी।'

'यह कोठी मेरी जान थी।'

'बहुत तकलीफ हो रही है न?'

'हो तो रही थी, सोनाली; लेकिन अब नहीं हो रही है।'

'मॉम तुम काफी बदल गई हो—' नील ने कहा।

'बदल गई हूँ? अच्छा?'

'बे-हद बदल गई हो।'

'वो कैसे, नील?'

'कैसी तो नरम हो गई हो तुम! कितनी सुंदर हो गई हो! इतने करीब.. ..इतनी अंतरंग होकर बातचीत कर रही हो!'

'तुम्हें अच्छा लगा, नील?'

'बे-हद!'

'सच्ची?'

इस बार सोनाली ही बोल पड़ी, 'तुम्हें मैंने इतनी बार लिख भेजा, आने के लिए मिन्नत की, लेकिन तुम नहीं आतीं। इस बात से तुम्हारे बेटे को कितना दुःख होता है, तुम्हें नहीं मालूम! आपका बेटा सिर्फ यही रट लगाए रहता है... एइ, बता दूँ?'

'बताओ न, सोनाली, नील से तुम क्यों पूछ रही हो? तुम बताओ।'

'जानती हैं, ये क्या कहते हैं? कहते हैं—सोनाली, मेरी कुल्लमकुल एक ही माँ है! मेरी मॉम को अपने पास ले आओ।'

'अच्छा? ऐसा कहता है?'

'हाँ, यही तो कहता है।'

'और तुम क्या कहती हो?'

'मैं भी यही कहती हूँ! मैं कहती हूँ, ये कहते हैं! 'क्यों? मामा भी तो यही कहते हैं।'

'भइया? भइया क्या यहीं हैं? इसी शहर में?'

'हाँ, यहीं तो हैं! यहीं अपना घर बना लिया।'

'कहाँ?'

'दमदम में! हर इतवार को हमारे यहाँ आते हैं।'

'मुझे ही जानकारी नहीं।'

'वैसे हम दोनों भी उनके यहाँ जाते-आते रहते हैं। बहोत अच्छा भी लगता है।'

'नील की बात लेकर, भइया से मेरी तू-तू-मैं-मैं हो गई थी न! इसीलिए भइया अब मेरे घर नहीं आते।'

'इस बार आएँगे, तो मैं बताऊँगी उन्हें।'

'ख़ैर, बता देना! सुनो! नील, जो बात मैं कह रही थी...! तुम लोगों के जाने के बाद, मैंने काफी सोच देखा। सच ही यहाँ कोई सुखी नहीं हुआ।'

'मैंने भी तो यही कहा।'

'इसीलिए मैंने सोचा, जब तुम्हें कुछ चाहिए ही नहीं, तब कोई अच्छा-सा काम ही हो जाए।'

'अच्छा किया तुमने।'

'तुम खुश हो न?'

'खू-ब! ज़रा पानी तो पिलाओ।'

'रुको, लाती हूँ।'

'तुम क्यों लाओगी? बाकी सब लोग कहाँ हैं?'

'विसरा अपने कमरे में होगा, ड्राइवर बाहर गया है। आज मैंने उन सबको

छुट्टी दे दी है।'

'क्यों?'

'हम लोग इत्मीनान से बातें कर सकेंगे, इसीलिए!'

स्वाहा उठकर गईं और पानी ले आईं।

नील ने कहा, 'देखा, सोनाली, मॉम खुद अपने हाथों से, मेरे लिए पानी ले आईं।'

स्वाहा राय का चेहरा दर्द से फक्क पड़ गया।

उन्होंने टूटी-टूटी आवाज़ में आहिस्ते से पुकारा, 'नी-ल!'

'नहीं, नहीं, मैंने किसी इरादे से कुछ नहीं कहा–'

स्वाहा राय स्वाभाविक हो आईं और हँस पड़ीं।

'तुम दोनों मेरे थियेटर रोड के फ्लैट में आना। अपने हाथों से पकाकर खिलाऊँगी।'

'तुम्हें खाना पकाना आता है, मॉम?'

'आता है, सोनाली, उनके साथ जब मैं टूर पर जाती थी, तब पकाती थी, हालाँकि वे नहीं चाहते थे कि मैं खाना पकाऊँ।'

'मॉम, तुम्हें पता है, सोनाली को खाना पकाना बिल्कुल ही नहीं आता था।'

'अरे, वाह, मैंने क्या कभी खाना पकाकर तुम्हें नहीं खिलाया?'

'मैंने ही तो सब सिखाया।'

'हाय, तुम कितने झुट्ठे हो!'

'किसने सिखाया?' स्वाहा राय ने पूछा।

'विसरा ने सिखाया, माँ! अच्छा, आप ही कहें, जो बंदा सुबह आठ बजे सोकर उठता हो और नौ बजे दफ्तर के लिए निकल जाता हो, वह पकाता कब होगा?'

'विसरा कब जाता था?'

'वही, शाम को।'

स्वाहा राय को याद आया, विसरा काली मंदिर जाने को कहकर, रोज निकल जाता है। यानी वह उनके यहाँ जाता है?

'मैं ही तो उसे भेजती हूँ।' उन्होंने कहा।

'तुम भेजती हो?'

'अरे, वाह! तुम लोगों का हाल-समाचार जानने का, क्या मेरा मन नहीं करता?'

नील ने कहा, 'विसरा की क्या खातिर होती है हमारे यहाँ! देखो न, यह मेरे लिए सोनाली ने बुना है और इससे कहीं ज़्यादा महँगे ऊन से, विसरा के लिए भी स्वेटर बुना है।'

'वाह! बुनाई कितनी खूबसूरत है! मेरे लिए भी एक बुन देना तो।'

'आपको बताने में शर्म आ रही थी मुझे! यह स्टोल मैंने आपके लिए ही बुना

है! देखिए तो, कैसा है?'

'वा-ह! बहोत ख़ूबसूरत है! लाओ, मैं ओढ़ लूँ।'

'तुम्हारे स्टोल के बारे में कितना-कितना झगड़ा किया इसने। कहने लगी, माँ के पास हज़ारों स्टोल हैं।'

'मैंने सब दे डाला, नील!'

'वाह! बहोत अच्छा किया!'

'सोनाली, एक बात है....'

'कहिए, माँ?'

'तुम्हें क्या सर्दी हुई है?'

'भयंकर सर्दी लगी है!'

'अब, देखो, तुम यह काम कर सकती हो, या नहीं?'

'आप कहिए तो सही!'

'तुम्हें सर्दी जो हुई है।'

'तो क्या हुआ?

'यहाँ ट्रॉली में खाना सजा हुआ है।'

'हाय-माँ ऽ ऽ! इतना लज़ीज़ खाना...! मुझे ज़रा भी खुशबू नहीं मिली?'

'अब, अगर तुम ज़रा कॉफी बना लाओ, तो...'

'ज़रूर! किचेन में जाऊँ न?'

'नहीं, नहीं, कितने दिनों से तुम आईं नहीं, अब कुछ पता भी नहीं होगा। आजकल, इसी कमरे से लगे, छोटे कमरे में, एक मिनी-किचेन बना लिया है।'

'वहाँ सारा सामान मौजूद है?'

'सबकुछ है! बस जरा गैस....'

'जला लूँ न?'

सोनाली चली गई।

स्वाहा राय की आँखें अब, कोमल और रसीली हो आईं।

'अब मैं बे-हद खुश हूँ, नील!'

'तुम्हें और खुश कर दूँ?'

'कैसे?'

'जानती हो, सोनाली को अगली मई में...अरे, यह गंध कैसी है? गैस की गंध क्यों आ रही है?'

'उसे बच्चा होने वाला है?'

स्वाहा राय ने यह स्वाभविक-सा सवाल, भयंकर आर्त-चीत्कार के साथ किया।

वे चीख उठीं, 'गैस मत जलाना, सोनाली।'

उधर ऐन उसी पल सोनाली चीत्कार कर उठी, 'उफ! जल गई! जल गई! आग! आग! हवा में आग....'

नील दौड़ पड़ा!

स्वाहा राय चिल्लाईं, 'नील! नी-ल!'

आग! भयंकर आग! हवा में लहकती आग! स्वाहा की आर्त चीत्कार! नील और सोनाली की चीख! स्वाहा राय दौड़कर, उस तरफ गईं....लौट आईं...

उन्होंने चिल्लाकर आवाज़ दी, 'विसरा! ड्राइवर! विसरा ऽ ऽ ऽ....'

उसके बाद बहुत-से लोग दौड़े हुए आए। मिंटो पार्क के आस-पास जितने भी लोग मौजूद थे, सब लोग भागकर आ पहुँचे। लेकिन, कभी-कभी गैस की आग जानलेवा हो सकती है। सब लोगों ने मिलकर आग बुझाई। सबने जी-तोड़ कोशिश की थी। लेकिन लाख कोशिशों के बावजूद, कभी-कभी सुफल नहीं मिलता।

जब एम्बुलेंस आ पहुँची, स्वाहा राय ने झुककर, चीख-चीखकर आवाज़ दी।

उन्होंने रो-रोकर पुकारा, 'नील! सोनाली! नील! सोनाली! नील....नील...'

उन्होंने एम्बुलेंसवालों से रो-रोकर गुहार लगाई, 'मेरे नील को लौटा दो मुझे! नील मेरा बेटा है...'

वे चीख-चीखकर विसरा से भी कहती रहीं, 'वह अपने डैडी से भी ज़्यादा बड़ा मर्द था! बहोत बड़ा!'

अगले ही पल, वे कोठी की तरफ देखते हुए दहाड़ उठीं, 'क्यों? अब तो खुश हुए न? जी ठंडा हो गया? बता! बता!'

वे धधकती हुई लपटों से भी मुखातिब हुईं, 'तुम्हें मैं कितना प्यार करती थी न? तुमने मेरा सब कुछ छीन लिया?'

अंत में वे गिड़गिड़ाने लगीं, 'मुझे ले चलो! मैंने ही उनको मार डाला! मैंने ही उन दोनों की जान ले ली।'

नील, सोनाली को थामे हुए था! उसी मुद्रा में, उन दोनों की बेजान देह, एम्बुलेंस में रख दी गई।

[भविष्य में क्या होने वाला है, वह तो हमने जान लिया। आइए, अब वर्तमान में लौट आएँ। कहानी के आरंभ से अपने को जोड़ें। इस कहानी के शुरू में ही, समापन का अंकुर छिपा हुआ है।]

दिसंबर, 1960

कॉफी पीना ख़त्म हुआ!

स्वाहा राय सोनाली के बालों में उँगलियाँ फिराती रहीं।

सोनाली ख़ामोश बैठी रही।

नील पाइप के कश लगाता रहा। उसकी आँखें अब, शांत, सुदूर, धूसर! वह किन सोचों में डूबा था उसके चेहरे पर जाहिर नहीं था।

स्वाहा राय ने कहा, 'चलो, सोनाली, तुम्हें गैलरी दिखाऊँ।'

'चलिए!'

'चलो, घर भी देख लेना।'

'चलिए!'

नील ने पल भर के लिए सोनाली की आँखों में देखा और झट् से नज़रें झुका लीं।

'जाऊँ?' सोनाली ने पूछा।

'वह जाए, नील?' स्वाहा राय ने भी पूछा।

'अरे वाह! मैं क्या कहूँ? ज़रूर जाए।'

स्वाहा उठ खड़ी हुईं। उन्होंने सोनाली को अपने साथ लिया। इस कमरे की बाईं तरफ कॉरीडोर! काठ की फर्श! चौड़े कॉरीडोर में बत्तियाँ जल रही थीं। दोनों ओर माउंट किए गए बाघ! चीते! चीतल! साँभर! भालू के सिर!।

स्वाहा राय ने ही सवाल किया, 'बताओ तो ये सब ट्रॉफियाँ किसकी हैं?'

'आप बताइए—'

'ये सारी ट्रॉफियाँ अनल की हैं।'

'वे क्या बहोत माहिर शिकारी थे?'

'क्रैक शॉट!'

'मतलब?'

'उनकी गोली कभी अपना निशाना नहीं चूकती थी?'

'उन्होंने इतने सारे जानवर मारे थे?'

'ओ येस!'

'खूब साहसी थे?'

'साहसी तो खै़र थे ही!'

'इन पर यह लिखा हुआ क्या है?'

'शिकार की तारीख!'

'अरे, यह हिरण क्या आपने मारा था?'

'हाँ...'

'आप भी शिकार करती थीं?'

'यह सब अनल का ही कांड था! वे जो करते थे, मुझे भी साथ देना पड़ता था। जब वे शिकार करते थे, तो मुझे भी शिकार करना पड़ता था।'

'यह हिरण आपने कहाँ मारा था? इस पर यह क्या लिखा है?'

'उड़ीसा के जंगल में!'

'पैदल-पैदल?'

'हाँ-हाँ! हम दोनों किसी प्रिंस के साथ गए थे। प्रिंस ने ही कहा—मिसेज़ राय, हैव ए ट्राइ! आप भी एक कोशिश करें न!'

'उससे पहले आपने कभी बंदूक चलाई थी?'

'हाँ, चलाई थी न! अनल ने ही सिखाया था।'

वे दोनों गैलरी में दाखिल हुईं। पहले एक के बाद एक, दो-दो लंबे हॉल-घर रहे होंगे शायद! उसके बाद, बीच की दीवार तोड़कर, एक विशाल, लंबी गैलरी तैयार कर ली गई थी।

स्वाहा राय ने बत्ती जलाई। इस कमरे में इतनी-इतनी रोशनी? सोनाली की आँखें चौंधिया गईं। ढेर-ढेर रोशनी! मुलम्मे-चढ़े फ्रेमों में आदमक़द तस्वीरें!

स्वाहा राय एक तस्वीर के सामने आ खड़ी हुईं!

'देखो, ये हैं—आदिनाथ बसु! मेरे ददिया ससुर! 'राजा' का खिताब हासिल किया था! बहुत बड़े ज़मींदार थे।'

'कहाँ के?'

'वीरहाटी के!'

'वहाँ अब भी कोई रहता है?'

'अब, वहाँ कौन होगा, बोलो?'

'वह हवेली अभी भी है?'

'हाँ, हवेली तो है लेकिन अब, वह हमारा नहीं है।'

'मतलब?'

'नील के डैडी की मौत के बाद ही, मैंने उस हवेली को, उनके नाम का कॉलेज बना दिया। जब मेरा विवाह हुआ, तो दो-दो जगह प्रीति-भोज हुआ! यहाँ भी, वहाँ भी!'

'खूब धूमधाम हुई होगी?'

'उस ज़माने में प्रीति-भोज पर पूरे दो लाख रुपए ख़र्च हुए थे।'

'दो ऽ ऽ ला-ख रुपए?'

'उससे कम में संभव नहीं था।'

'वे बहोत सुंदर थे?'

'हाँ, ब-होत सुंदर और उन्हीं का रूप पाया था, नील के डैडी ने।'

'यह तस्वीर किसकी है?'

'मेरी ददिया-सास की! नील नलिनी देवी!'

'कितनी ख़ूबसूरत हैं!'

'इतने अनमोल रूप के बावजूद, पति का दिल नहीं जीत पाईं।'

'ओ ऽ!'

'दिल तो इन लोगों ने जीता था।'

'ये लोग कौन हैं?'

'ददिया-ससुर की अय्याशी की संगिनी! बाई जी!'

'औरत इतनी सुंदर भी होती है।'

'हाँ, अद्‌भुत सुंदर थी।'

'यह तस्वीर किसकी है?'

'नील के दादा-दादी की!'

'आपके सास-ससुर?'

'हाँ–'

'यह कौन है?'

'ददिया-सास की गोद में नील के डैडी!'

'हाँ, वे उन्हीं की गोद में तो पले-बढ़े-बड़े हुए हैं?'

'हाँ, माँ-बाप थे नहीं! उन्होंने ही पाला-पोसा! उन्हीं की दौलत पर दौलतमंद! उनके सर्वस्व!'

'और ये कौन हैं?'

'ददिया-ससुर का महावत!'

'यहाँ उनकी भी तस्वीर?'

'शिकार के वक्त बाघ ने उन पर हमला बोल दिया। तब उन्हें बचाते हुए, उसने अपनी जान दे दी।'

'और यह कौन है? लगता है किसी अंग्रेज साहब की है।'

'ये नील के डैडी हैं।'

'इतने ख़ूबसूरत थे?'

'हाँ, वे अद्‌भुत सुंदर थे।'

'ये सा-री तस्वीरें उन्हीं की हैं?'

'सा-री!'

'और आपकी तस्वीर?'

'इस तरफ की—पूरी दीवार पर!'

'ये सब आपकी तस्वीरें हैं?'

'उन्हीं को शौक था।'

'इसमें आप राजपूतानी की ड्रेस में हैं।'

'देखो, यह गाउन में...!'

'आप गाउन पहनती थीं?'

'हाँ, पहनती थी न!'

'यह क्या है?'

'मैं शिमला की 'ब्यूटी क्वीन' बनी थी, उस वक्त की तस्वीर है।'

'बिल्कुल रानी जैसी लग रही हैं।'

'यह वाली देखो!'

'इसमें आपने पहन क्या रखा है?'

'हीरा—'

'रानी की सज्जा में? सिंहासन पर?'

'हाँ, एक सिंहासन भी था।'

'अब वह सिंहासन नहीं है?'

'न्ना! मैंने बेच दिया।'

'बेच दिया?'

'क्या करती, बताओ? गाँव की हवेली में पड़ा हुआ था। हवेली का ही सामान था! किसी लाट साहब के लिए बनवाया गया था।'

'गाँव की हवेली में रखा हुआ था?'

'हाँ, वो सारे सामान, जो इस कोठी में नहीं समाए, सब वहाँ...'

'यह शादी की तस्वीर है?'

'हाँ—'

'आप कितनी सुंदर लग रही हैं! अपरूप!'

'अब वह रूप नहीं रहा!'

'जितना है...मतलब...'

'अच्छा, छोड़ो, चलो, चलते हैं।'

'यह लिफ्ट है?'

'हाँ, मेरी प्राइवेट लिफ्ट! जब भी मेरा जी चाहता है, मैं इन्हें देखने चली आती हूँ। रुको, स्टोर खोलती हूँ।'

'स्टोर में क्या है?'

'बर्तन-भांडे।'

'बर्तन-भांडे?'

'हाँ, देखो, पूर्व की पूरी दीवार चाँदी के बर्तनों से भरी है।'

'इत्तने सा-रे बर्तन?'

'हाँ, सौ लोग खा सकते हैं। और ये रहे, विलायती बर्तन...मतलब, इस घर में...'

'और ये...?'

'पश्चिम और दक्षिण के काँच के बर्तन! चीनी काँच के बर्तन! यह भी इतने हैं कि सौ आदमी आराम से खा सकते हैं।'

'और इस कमरे में क्या है?'

'देशी बर्तन!'

'बाप रे ऽ ऽ! यहाँ तो दुकान लगी है।'

'ये सा—रे रसोई के बर्तन हैं! पाँच सौ लोगों के लिए!'

'इस कमरे में भी बर्तन हैं?'

'इसमें फूलदान, ट्रे, मूर्तियाँ, गाँव के सारे सामान हैं।'

'और ये सब क्या हैं?'

'पीतल की परी! ये सारे चिराग़दान हैं।'

'अब, हम कहाँ जा रहे हैं?'

'अब, चलो...हम ऊपर चलते हैं।'

वे दोनों लिफ़्ट से ऊपर आ पहुँचीं।

'देखो, यह रहा नील का महल!'

'चलिए, उस तरफ चलें?'

'नहीं! नहीं! उसके कमरे में बड़ा गड़बड़झाला है! सारा कुछ बिखरा-बिखरा! बेतरतीब! आओ, इधर आओ।'

'यहाँ क्या है?'

'यह हमारी लाइब्रेरी है।'

'इतनी किताबें?' ऊपर उसी माप की....यह लाइब्रेरी है।'

'नीचे जितनी बड़ी लाइब्रेरी है न!

'इसकी देखभाल कौन करता है?'

'सार-सम्हाल के लिए, हर हफ़्ते आदमी आता है।'

'और यहाँ क्या है?'

'मेरी छत का बागान देखा?'

'कितने-कितने फूल खिले हैं?'

'पहले यहाँ, जाली घेरकर, पंछी रखे जाते थे।'

'बागवानी कौन करता है।'

'माली आता है।'

'इन कमरों में रहता कोई नहीं है?'

'कौन रहता है, भला बताओ?'

'कितने सा-रे कमरे हैं।'

'सब खाली पड़े हैं।'

'सारे कमरे सजे-सजाए हैं।'

'सजे-सजाए हैं, तो भी क्या फ़ायदा? यहाँ इंसान तो नहीं रहते।'

'इंसान न रहते हों, तो भला अच्छा लगता है?'

'और क्या बात है, पता है? कोठी बड़ी हो, तो काफी लोग भी लगते हैं! अब, वह ज़माना नहीं रहा। बस मुट्ठी भर नौकर-आया से ही, काफी तकलीफ से चलाना पड़ता है।'

'इस तरफ क्या है?'

'मेरा महल!'

'और यह?'

'मेरा सिटिंग-रूम! आओ, इधर आओ।'

'मैं आऊँ? इस कमरे में?'

'हाँ, आओ, यह मेरा ड्रेसिंग-रूम है।'

'कितना करीने से सजा हुआ है।'

'देखो, ये रेशमी साड़ियाँ हैं! इस तरफ सूती साड़ियाँ हैं....ये ऊनी कपड़े! ये रहे ब्लाउज़!'

'और यह?'

'यह भी एक ड्रेसिंग टेबल है! मैं इस्तेमाल नहीं करती।'

'यह?'

'मेरा बेडरूम! आओ–'

विशाल कमरा! दीवारें नीले वैल्वेट के पर्दों से ढँकी हुईं। फर्श पर नरम गलीचा! पाँव धँस जाते थे। विशाल पलंग! साटिन का बिछौना!

'यह मेरी शादी की पलंग है।'

यह किसी बूढ़ी, दकियानूस औरत या उम्रदार बेटे की माँ का कमरा नहीं हो सकता। यह तो यौवन का कमरा था! सुर्ख-लाल रंग का बिस्तर!

'यह मेरी ड्रेसिंग-टेबल है।'

'कितनी खूबसूरत है!'

'अब, देखो....'

'क्या देखूँ?'

'देखो तो सही!'

स्वाहा राय ने वैल्वेट का मखमली पर्दा, दीवार से परे खिसका दिया। दीवारों

में जड़ी, एक-दूसरे से सटी, क़तार-दर-क़तार अलमारियाँ! सेफ!

स्वाहा राय ने सेफ खोली! बत्ती जलाई!

स्टील के पीछे काँच! काँच के अंदर बत्ती जल उठी। नीले मखमल पर हीरे ही हीरे! हीरों के बाद मोती! मोती के बाद, चुन्नी! चुन्नी के बाद पन्ने, पन्ने के बाद सोना!

माथे का मुकुट, टायरा, माँगटीका से लेकर, पाँवों के गुजरी पंचम यानी बिछुए तक सैकड़ों डिज़ाइन के गहने! सोनाली की आँखें चौंधिया गईं।

'क्या देख रही हो, सोनाली?'

'क्या बताऊँ मैं?'

'ये सबकुछ मेरा है।'

'जानती हूँ।'

'सोनाली!'

'कहिए!'

'तुमने जो देखा, यह स-ब तुम्हारा होगा।'

'मेरा?'

'हाँ, स-ब!'

'सब मेरे होंगे?'

'स-ब, सोनाली, स-ब!'

'मेरे होंगे?'

'हाँ, तुम्हें ही दूँगी! और किसे दूँगी, भला बताओ?'

'मुझे?'

'हाँ, सोनाली, सिर्फ....'

'सिर्फ, क्या?'

'बस, मेरा घर भर जाए, सोनाली, मेरी छाती, मेरा मन भर उठे! नील, मेरा बेटा है। तुम उसकी दुल्हन बनकर यहाँ आ जाओ।'

'मैं...?'

'नहीं, नहीं, दुल्हन नहीं, मेरी बेटी बनकर आ जाओ।'

'बेटी? मैं क्या आपकी बेटी बनने के काबिल हूँ?'

'वह मैं समझूँगी, सोनाली!'

'लेकिन...'

'कहो न, तुम आओगी?'

'मैं...'

'हाँ, कहो।'

'आऊँगी!'

सोनाली ने मंत्रमुग्ध लहजे में जवाब दिया। उसका मानों अपने पर कोई वश

न हो! उसमें कोई ताकत न हो! स्वाहा राय के सामने वह अवश है! समर्पित है!

'और एक बात...!'

'कहिए...!'

'एक बार तुम मुझे 'माँ' कहकर बुलाओ।'

'मैं?'

'हाँ, सोनाली! एक बार 'माँ' कहो न! मैं सुनूँ!'

'म्...म्....माँ!'

'फिर कहो।'

'माँ!'

'फिर कहो! एक बार फिर! फिर!'

'माँ! माँ! माँ!'

सोनाली रो पड़ी।

स्वाहा राय ने उसे खींचकर, अपनी छाती से लगा लिया और उसका सिर सहलाती रहीं।

स्वाहा राय की आँखें विजय-गर्व से चमक उठीं।

काफी! का-फी सारा वक्त गुज़र गया।

स्वाहा ने कहा, 'चलो, नीचे चलें।'

'चलिए!'

दोनों औरतें नीचे उतरीं!

नील आग पर नज़रें गड़ाए, खामोश खड़ा था।

'नी-ल!'

'कहो, मॉम!'

'सोनाली को सब दिखा लाई।'

'जानता हूँ।'

'अब क्या करोगे?

'उसे पहुँचा आऊँ!'

'बजे कितने हैं?'

'नौ!'

'अब सोनाली को लौटना चाहिए। यही न?'

'हाँ!'

'ठीक है! तब देर मत करो।'

'नहीं, देर नहीं करूँगा।'

'गाड़ी है न?'

'हाँ!'

'ड्राइवर साथ कर दूँ?'

'नहीं, नहीं, मैं अपनी गाड़ी ले जा रहा हूँ, मॉम!'

'विसरा कहाँ है?'

'बाहर गया है।'

'बाहर क्या बहुत ठंड है?'

'नहीं, कोई ख़ास नहीं।'

'चलो, अब देर मत करो।'

सोनाली ने स्वाहा राय को प्रणाम किया।

वे दोनों बाहर निकल गए।

स्वाहा राय ने उसका माथा, उसका गाल चूम लिया।

स्वाहा राय कुर्सी से टिककर इत्मीनान से बैठ गईं।

बाहर अँधेरा छाया हुआ था!

उसी अँधेरे में से अचानक विसरा प्रकट हुआ।

'मुन्ना...' वह कुछ कहने जा रहा था।

'क्या, रे?' नील ने पूछा।

'तुम दोनों इस कोठी में हरगिज मत रहना!'

'यह तू क्या कह रहा है?'

'तुझे नहीं, इस लड़की को समझा रहा हूँ।'

'तूने उस लड़की को कहाँ देख लिया?'

'वह तेरी बहुरिया बनेगी न?'

'देखते हैं...!'

'एइ लड़की, तू यहाँ हरगिज मत रहना। भाग जा! इस कोठी की साँस-साँस में ज़हर है।'

'विसरा, कहीं तूने दारू तो नहीं पी रखी है? यह तू क्या आँय-बाँय बक रहा है?'

'तुम दोनों यहाँ से चले जाओ।'

अचानक विसरा वहाँ से ग़ायब हो गया, मानों वह, वहाँ था ही नहीं। जहाँ वह खड़ा था, उस जगह को अँधेरे ने ढँक लिया।

नील गाड़ी में बैठ गया। सोनाली भी! गाड़ी बाहर निकल गई।

कमरे के भीतर स्वाहा राय, कुर्सी से पीठ टिकाकर बैठ गईं। उन्होंने आग में बुरादा झोंक दिया।

वे दुबारा बुदबुदा उठीं, 'आग...आग मुझे बेहद अच्छी लगती है।'

❑❑❑